suhrkamp taschenbuch 613

Karin Struck, 1947 in Schlagtow/Mecklenburg geboren, lebt heute in Billerbeck/Westf. Sie hat bisher vier Romane veröffentlicht: *Klassenliebe* (1973), *Die Mutter* (1975), *Lieben* (1977), *Trennung* (1978).

Die Geschichte einiger Monate unter jungen Süchtigen: Rauchern, Trinkern, Haschischrauchern, Fixern, in einer Großstadt der westdeutschen Provinz.

Die Schriftstellerin Anna Wildermuth dringt neugierig beobachtend in diese Szene ein. Sie freundet sich mit Süchtigen an, sie beginnt selbst zu trinken und Haschisch zu rauchen. Mit Jürgen lernt sie, nach einer persönlichen Krise, neu sich zu freuen, teilzunehmen, sich gehenzulassen. Dennoch gerät sie in Gefahr, in die Gefahr, fasziniert und neugierig sich allmählich zu verstricken in das, was sie kontrolliert, gleichsam experimentell erkunden wollte. Beobachtend geht sie immer wieder auf Abstand und hat doch die Distanz längst verloren; schreibend sieht sie sich hineingerissen in die Lebensproblematik der Menschen, über die sie schreibt. Während der großen Feier ihres 30. Geburtstags auf dem Hochhaus-Balkon, allein – ein Freund hat ihr den ersten Schuß versetzt –, läßt sie sich fallen. Jäh sind die hoffnungsvollen Neuansätze abgebrochen. *Trennung* ist eine kurze, in sich abrupte und atemlos dichte Erzählung, eine in Situations-, Erinnerungs-, Assoziations-Blökken sich vorwärtsbewegende Erzählung, die zunehmend erkennbar eine uns angehende Figur schmerzhaft verfangenen Lebens zeichnet.

Nach der Erzählung *Trennung* drehte die ARD 1979 ein Fernsehspiel unter der Regie von Peter Beauvais.

Karin Struck
Trennung

Erzählung

Suhrkamp

Umschlagfoto: Digne Meller-Marcovic

suhrkamp taschenbuch 613
Erste Auflage 1980

Druck: Ebner Ulm · Printed in Germany
Umschlag nach Entwürfen von
Willy Fleckhaus und Rolf Staudt

Denn wir können, wenn wir die Entschlossenheit dazu haben, die Dirne Erinnerung samt ihrem ganzen Anhang von Gesindel aus dem Haus weisen.

Virginia Woolf, *Orlando*

I

Zuerst kam keine Stimmung auf. Einige gingen fort. Sie saßen zu sechst. Ein Mädchen verabschiedete sich – sie müsse um zehn zu Haus sein, sonst setze es Schläge –, ihr Freund wenig später, um schlafen zu gehn im Elternhaus – und durch den Keller zu verschwinden. Er werde wiederkommen. Kräftig wurde getrunken. Um Mitternacht stellte Bobbe den Fernseher an. Ein Krimi um eine Stripteasetänzerin, er packte Anna. Gegen zwei schlief Jürgen, auf einem Sessel, wie immer, er könne sogar im Stehen schlafen. »Du kannst mich an die Wand stellen, und ich schlafe.« Anna mußte nach Haus, die Kinder würden um sieben aufwachen und nach ihr suchen. Sie wollte nicht in Bobbes Wohnung übernachten. Jürgen schlief, sie konnte ihn nicht wachkriegen. Sie kniete sich vor ihn. »Wach auf, bitte, ich muß nach Haus.« Sie rüttelte ihn sanft, er rührte sich nicht. Sie rüttelte stärker, er brummelte nur. »Ja gleich, laß mich noch ein bißchen.« Immer wieder versuchte sie, ihn zu wecken. Er schlief. Sie wollte gehen. Sie war auf ihn angewiesen, eine halbe Stunde Fahrt bis nach Haus. Sie sehnte sich nach seiner Wärme, neben ihm zu liegen, an seiner Schulter, ihn berühren zu können. Bobbe saß in seinem Sessel und sah sie an. Sie setzte sich ihm gegenüber, legte ihre Füße zwischen seine Oberschenkel. Sie beugte sich zu ihm und streichelte sein Gesicht. »Wenn ich wüßte, warum du das tust.« Sie sah sich nach Jürgen um, ob er noch schliefe, stand wieder auf, versuchte ihn zu wecken. Sie verlor die

Geduld. Sie nahm ihre Tasche und ging. »Wo willst du hin?« fragten die andern. »Ich muß zu den Kindern.« – »Wie willst du denn nach Haus kommen?« – »Ich geh zu Fuß oder nehme mir ein Taxi.« Sie ging hinaus in die Kälte. Bobbe kam ihr nach. »So kannst du nicht gehen.« – »Doch, ich gehe.« – »Soll ich ihn wecken?« Bobbe, der Gewalttätige, rüttelte Jürgen sanft, er wachte nicht auf. »Anna muß nach Haus zu ihren Blagen, Jürgen, du hast da eine Verpflichtung sitzen.« Es störte sie: Du hast da eine Verpflichtung sitzen, sie wollte keine Verpflichtung sein. Sie kam sich schon vor wie die Ehefrau. »Jetzt hole ich Wasser.« Bobbe ging ins Badezimmer, holte einen Becher Wasser, goß ihn Jürgen ins Gesicht. Jürgen stand mit einem Ruck auf, zornentbrannt. »Du verdammte Sau!« Und guckte nicht rechts und nicht links, zog sein nasses Hemd über den Kopf, lief aufs Badezimmer. Kam mit nassem Haar wieder und ging ohne ein Wort hinaus. Sie lief ihm nach, sein alter VW sprang nicht gleich an. Er schnitt die Kurven der leeren Landstraße, daß Anna sich ans Seitenfenster preßte und am liebsten irgendwo verkrochen hätte. Er raste, legte einmal kurz die rechte Hand auf ihr Knie, sie reagierte nicht. Sie schlief nach wenigen Minuten neben ihm ein. »Du hast dich gestern benommen wie ein Schlafsüchtiger. Nichts interessierte dich, nur der Schlaf. Jeder war ein Teufel, der dir den Schlaf wegnehmen wollte. Jemand hätte mich umbringen können neben dir, du hättest nur gemurmelt: laßt mich in Ruhe.«

Jürgen hatte mit Bobbe gewettet um eine Kiste Sekt, daß noch Schnee fallen werde im alten Jahr, Jürgen hatte gewonnen. Er trank, wie immer, ruhig, hemmungslos. »Ich kann nicht sehen, daß eine volle Flasche auf dem

Tisch steht.« Sie rissen Witze. »Du weißt ja: ich bin Alkoholiker. Bald komm auch ich in die Suchtmühle.« Nachts in der Umarmung sagte sie ihm den plötzlich auftauchenden Gedanken: Von dir könnte ich kein Kind kriegen, es würde bestimmt mißgebildet. Er löste sich aus der Umarmung, war still. »Entschuldige, ich wollte dich nicht verletzen.« Sie legte sich auf die Couch in »Bobbes Höhle«, deren Wände mit alten dunkelgrünen Fischernetzen behangen waren. Auf dem vom Sperrmüll geholten Tisch lagen eine alte Wasserpfeife und eine Haschischpfeife. Bobbe setzte ihr die Katze »Tiger« auf den Bauch, sie legte ihre Ohren an, wollte nicht bei Anna bleiben, obwohl sie sie kraulte und streichelte. Jürgen trank ununterbrochen. Ruhe, Betäubung wollte er, den Schlaf des Vergessens. Und Anna wollte ihn stören, weil sie nach Haus mußte, zu ihren Kindern, in ihr eignes Bett, in die vertraute Umgebung? Einmal bringe ich noch einen Menschen um, sagte Bobbe. Anna dachte: unter Mördern müßte ich mich wohlfühlen, sie fühlte sich wohl in Bobbes Gegenwart. Bertha saß bei ihnen. »Ich habe Maria zu einer Abtreibung begleitet.« Beihilfe zum Mord, sagte sie. Anna verwundert: Wie kannst du das sagen? Du arbeitest doch in der Frauengruppe mit. Im Traum habe ich einen Menschen umgebracht, dachte Anna. Eine Abtreibung ist eine Traumtötung. Bertha sagte, Maria habe sie angerufen. Das dritte Wort: Ich kriege ein Kind. Ein Kind von einem Schwarzen. Maria sei eine unselbständige Frau. Sie hätten sich in der Pension ›Sweet Home‹ direkt gegenüber der Abtreibungsklinik eingemietet. Haben Sie auch einen Termin? die erste Frage des Wirts. »Wir saßen in dem Warteraum, größer als deine ganze Wohnung, Anna. Die Nacht

schliefen wir kaum. Durch die dünne Wand hörte ich Maria sich hin und her wälzen. Um fünf waren wir wach, gingen spazieren. Im Warteraum eine Theke, ein Gärtner rannte herein und heraus, brachte Gestecke und Blumentöpfe. Maria mußte sich anmelden, zur Vorbesprechung. Ich sollte bei ihr sein, während der Absaugung. Maria wurde blaß, als die Schwester sagte, das sei nicht erlaubt, ging allein. Im ›Sweet Home‹ hatten wir morgens am Tisch, vollbeladen mit Käseplatten und Marmelade, gesessen, waren lustig.« Sie habe Alpträume seitdem. Es sei ihr, als habe sie selber abgetrieben.
»Sind Menschen Heilmittel?« Anna konnte die Liebhaber nicht wechseln wie die Kleider. »Die Liebe ist eine schwarze Frucht. Ich beiße hinein, ich trinke den blühenden Saft, werde sterbenskrank.« Ich brauche dich, sagte Bobbe. Nach der Abtreibung die Sucht. »Gibst du mir einen Schuß?« Bobbe holte seine Spritze aus der Schublade. Wenn du das tust, fahr ich dich nicht nach Haus, sagte Jürgen. Eines Tages würde sie drücken. »Was passiert denn, wenn du dir einen Schuß setzt?« – »Du stehst dann über allem.« Vergessen suchen. Vergessen. Suchen. Sie konnte sich der Vergangenheit nur wie einer Fremden nähern. »Das bin nicht Ich, das ist eine andere.« Wer war sie heute, am Ende des alten Jahrs? Wer war sie vor zwei Jahren? Sie biß in die weichen Münder der Negerküsse, erinnerte sich an den Tag in Amsterdam. Es ist eine ganz andere Fahrt, sagte Bertha. Vor meinem Gerichtstermin werde ich mir in Amsterdam den letzten Schuß setzen, sagte Bobbe. An irgendeinem Wochenende würde Anna mit ihm fahren. Sie würde zu vergessen anfangen. Ihr Sohn würde an der Tür stehn und weinen. Im Treppenhaus würde er nach ihr schrein, sie würde nicht antwor-

ten. »Du stehst über allem.« Zwangsgedanken. Warum litt sie an der Abtreibung? Die andern sagten: Ich war erlöst. Eine Abtreibung kann man nie vergessen, sagte Bertha. »Du warst zehn Jahre im Waisenhaus. Ich bin du. Das Waisenhausgefühl verbindet uns.« Ich könnte dich sofort heiraten, wir würden eine große Hochzeit machen, sagte Bobbe. Anna rauchte eine nach der andern, als wollte sie sich ersticken. Eine trügerische Ruhe in ihr.

Jürgen kaufte den Kindern Hamster, brachte seinen alten Hamsterkäfig mit. »Ich habe geweint, als meine Hamster krepiert sind, ersoffen in der Badewanne.« Warme Tiere in der Wohnung, der weiße hieß Fridolin, er gehörte Niels, der braune Mummelchen, er gehörte Rosemarie. Der Käfig stand in der Ecke des Kinderzimmers. Am Tag schlafen sie, sagte Jürgen, in der Nacht werden sie wach. »Dann könnt ihr mit ihnen spielen.« Das *Lebensgefühl*, wie sie im Badezimmer stand, Jürgen hereinkam, sie nackt war, er sein Gesicht an ihres schmiegte, ihre Gesichter im Spiegel anschaute. Seit sie trank, war sie gelöster. Wie hatte sie sich früher gewünscht, in einer Kneipe sitzen, trinken und bis in die Nacht aufbleiben zu können, nicht über den Tag hinaus zu denken. Nun ging sie mit Jürgen und Bobbe flippern. »Das macht einen Riesenspaß.« – »Spaß!« – »Ja, ich weiß, daß du das Wort nicht leiden kannst. Warum eigentlich nicht?« Sie saß am Tisch mit ihm. Sie aßen Nudeln mit Schinkenspeck und Tomatensoße, Salat, tranken Milch. »Du machst mich mittags schon besoffen!« Körbeweise trug sie die Weinflaschen ins Haus. »Ich kann keine volle Flasche auf dem Tisch sehen.« Es verlangte sie nach Wein. Sie trank, verzog ihr Gesicht, sie mischte ihn mit Traubensaft. »Du willst dir wohl das Trinken angewöhnen?«

Sie sog an der Zigarette, hielt sich an ihr fest wie an einem lächerlichen Strohhalm, inhalierte den warmen Strom des Rauchs, rauchte gegen die Angst an. Hatte Angst vor dem Angriff auf sich selbst. Bei Kälte wurden die Finger neuerdings starr und weißblau. Die Zigarette war stärker als Todes- und Altersangst. »Meine Schwester ist an Krebs gestorben. Aber ich rauche wie ein Schlot, ich bin verrückt.« Ihre Haut trocknete aus, sie würde schnell alt werden. Ihr Muttermund ist schon ganz gelb, würde der Gynäkologe sagen. Morgens zwischen Schlaf und Erwachen fühlte sie sich wie gerädert, ekelte sich vor dem leichten Geruch kalten Rauchs vom Vorabend, dachte, daß sie noch ein Kind wollte. Alptraumartig der Gedanke an Krebs, doch konnte sie sich Krebs nicht sinnlich vorstellen. Der Moment des Ekels war kurz. Sie hatte Hunger nicht auf Frühstück, sondern auf eine Zigarette.

Sie ging ein Federbett kaufen, bezog es lindgrün. »Dein Brautbett soll aus Laub sein. Maßlos Flieder soll ums Bett stehen.« Sie lag neben Jürgen, dachte an den Körper von Hans. Nie stieß Jürgen sie weg, sie lag an seiner Schulter, war ihm nie lästig. Sie legte ihr Bein über seines, ihren Arm auf seinen Bauch, er konnte so einschlafen. »Hans drehte sich um nach seinem Orgasmus, zog seinen braunen Schlafanzug an.« Sie hatte Hans abgetrieben. Sie ging mit Bertha, die wieder erzählte, wie sie Maria nach Amsterdam begleitet hatte, zum Kindergarten. »Es gibt Antibabypillen, die die Frauen völlig von der Menstruation befreien. Nur noch zwei Sorten sind im Handel, die Frauen brauchen die monatliche Blutung, eine Scheinblutung, als Versicherung, daß sie nicht schwanger sind.« Sie saßen und rauchten, Annas Arbeitszimmer war voller

Rauchschwaden. Um fünf vor zwölf gingen sie los zum Kindergarten. »Ich habe abgetrieben. Es ist zwei Jahre her.« Zum ersten Mal erzählte sie es einer fast Fremden. Wer der Vater gewesen sei. Sie sagte, ein Journalist. Sie gingen durch das Tor, an den Spielgeräten vorbei über den Spielplatz. Im Flur auf einer langen Bank saßen die Kinder. Die Kindergärtnerin bei ihnen, die meisten Kinder waren schon abgeholt. Anna zog den Kindern die Mäntel an. »Na, wie war's heute?« Niels sagte: gut, wie immer. Sie saßen am Küchentisch, Bertha hörte ihr zu. »Als ich LSD genommen hatte, war mein erster Gedanke, den andern zu erzählen: ich habe noch ein drittes Kind. Es ist gestorben. Aber ich habe es für mich behalten. Die andern waren mit ihrem Rausch beschäftigt.« Kinder hören alles, Rosemarie sagte: Du hast ein drittes Kind, Mama, das ist noch tot, aber wenn du vierzig bist, kriegst du ein drittes Kind, das ist dann nicht mehr tot.
Seit dem 14. Mai 1975, dem Tag vor Gerhards Geburtstag, waren ihre Freunde lebensgierige Neunzehnjährige, zehn Jahre jünger als sie. »Vielleicht bist du so alt wie ich. Deine Rauscherlebnisse haben dich älter gemacht.« Jürgen lachte, begriff nicht ganz. Die Anziehungskraft des Rausches. Die Abhängigkeit. »Ich saß auf dem Scheißhaus im ›Hyde Park‹ und kriegte die Spritze nicht wieder raus. Ich konnte eine Viertelstunde nicht aufstehn, und dann sanken meine Beine meterweit in den Boden, und die Wände kamen auf mich zu.« Anna hörte Bobbe zu, sah seine Füße in den Boden einsinken. »Das ist ein feeling! Zehnmal stärker als der schönste Orgasmus.« Sie wehrte sich, die irdischen Paradiese sind schöner als die künstlichen, sagte sie. »Wenn's irdische gibt!« Tanzen. Rockmusik hören. Die Anlage voll aufgedreht. »Co-

caine« von J. J. Cale. »Heroin« von The Velvet Underground. »Deine Bücher muß man lesen, wie man eine LP hört.« Sie hörte Jimi Hendrix, erzählte Jürgen und Bobbe einen Film. »Am Ende liegt die Frau im Opiumrausch auf dem Bett. Währenddessen erfriert der Mann, der sie liebt, im Schnee, der Schnee fällt dichter und dichter, und macht ihn unkenntlich. Er erfriert an der Eiseskälte der dem Opiumrausch verfallenen Frau. Dazu Musik von Cohen.« Im »Hyde Park« kam jemand auf sie zu: Was ist mit dir los, du siehst jünger aus und hast einen ganz andern Gang. »Eure Rauschsucht ist eine Todessucht!« Jürgen lachte ungläubig. »Du bist die Psychologin, die für alles Erklärungen weiß.« Die Wörter, die Begriffe vergessen.

Sie beugte sich aus dem Fenster des Arbeitszimmers, sah ihren Kindern nach, wie sie die Straße vor dem Haus überquerten. »Jetzt könnt ihr laufen, es kommt kein Auto. Und flitzt! Paßt schön auf!« Zusammenschrecken, wenn Krankenwagensirenen schrillten. Das konnten die Kinder sein, die da weggetragen wurden. Sie hörte Jimi Hendrix, winkte den Kindern. »Zieht eure Kapuzen auf, es regnet.« Der Fahrer eines Brotwagens sah herauf, unter dem Regen bog ein Leichenwagen in die Einfahrt des nahen Krankenhauses. »Es ist also wieder einer gestorben.« Es regnete, der Morgen des Januar düster. Rosemarie erschrak über ihren ersten »Erwachsenenzahn«. »Dir fällt ein Zahn aus, dahinter kommt ein neuer.« Sie fürchtete, ihr fielen nun die Zähne aus, und es kämen, wie bei einem Erwachsenen, keine neuen, zur Strafe für heimliches Süßigkeitenessen. Anna nahm sie in den Arm und lachte mit ihr. Und freute sich an ihrem wackligen Zahn und dem frischen darunter. Diese ver-

dammte Abtreibung, was hatte sie damit zu schaffen! »Es war nicht Ich, es war eine andere, die das getan hat. Ich, das sind Stücke. Stückeliges Ich. Splittriges Ich.« Auf dem Friedhof in Selm wollte Bobbe den Schädel seines Vaters ausgraben und ihn sich auf den Tisch stellen. Der hat einen an der Pfanne, der ist nerbelo!, sagte Jürgen. Der Vater hatte zuviel gesoffen, war früh an Herzversagen gestorben. Söhne, die ihre Väter zu früh verloren. Hans war unwirklich geworden, konnte sie einen Menschen vollständig vergessen? Sie konnte ihr Leben nicht »überschauen«, aber sie konnte, wie manche zu Beginn eines neuen Jahrs, eine Bestandsaufnahme machen. Ein Selbstbildnis, in dem sie sich nicht erkennen wollte. Ein Bild, das dem authentischen Wort für Wort immer unähnlicher wurde.
Sie stand wieder zwischen zwei Menschen, konnte jederzeit aus den Bindungen herausfallen, ein Vogel aus seinem Nest. Jeden Sonntag fuhr sie nach Gütersloh zu Gottfried, dem sie die Hochzeit versprochen hatte. Am 13. Dezember des alten Jahrs hatte sie ihn in die Suchtmühle gebracht. Klinikmauern trennten ihre Körper. Sie begann ein Zimmer zu suchen für ihn und sich. Weihnachten hatte sie ihn zum ersten Mal besucht, er hatte nur von dem Tag des ersten Ausgangs gesprochen. War noch süchtiger als sie gewesen nach Nähe und Berührung. Sie hatte ein Zimmer gefunden, in der Stube der Witwe gesessen, Eierlikör trinken müssen, die Witwe hatte ihr Fotos ihres toten Mannes gezeigt. Sie hatten nicht über die Suchtmühle gesprochen, die Augen der Witwe verständnisvoll, als Anna sagte: Mein Freund ist in der Klinik. »Ja, ja, jeder hat sein Päckchen zu tragen.« Silvester hatte sie angefangen, die Nächte mit Gottfrieds

nächstem Freund zu leben. Im Kampf gegen Gottfrieds Sucht war Jürgen sechs Monate lang dagewesen. War Gottfried zum Brunnen gegangen, sich Shit besorgen nach einer durchfeierten Nacht, hatte Jürgen ihr manchmal beim Aufräumen der chaotischen Wohnung geholfen. Gegen drei, gegen fünf, oft war Jürgen im Wohnzimmer zurückgeblieben, hatte sitzend im Sessel geschlafen, sich zwei Sessel zusammengestellt zu einem »Bett«, war gegen sieben zur Arbeit gefahren in seinem grauen VW. Sie hatte gebannt Gottfried zugesehen, wie er durch die Nächte geflippt war, er hatte sie ausgesogen. Doch Jürgen war anwesend. Still. Dieses stille Gesicht. Betrunken. Füllig. Vollmondig. Berührungsscheu. »Ich mag keinen Haut- und Körperkontakt.« Eines Sonntags, Gottfried war wie ein räudiger Hund nach einer vollkommen schlaflosen Nacht zum Brunnen gegangen, hatte Jürgen den Staubsauger in die Hand genommen. »Das sieht ja hamel aus hier.« Der Teppich voller Asche von Shit und Zigaretten. Leere Bierflaschen. Bier- und Weinflecke und -gerinnsel auf dem Tisch. Platten und Covers auf dem Boden wild verstreut. Hatte gefragt, ob er baden dürfe. Sie hörte das Wasser in die Wanne laufen, brachte ihm ein Handtuch an die Tür. Er strömte Ruhe aus. »Ich mag gern Nudeln.« Sie hatte ihm Nudeln gekocht, sie aßen am Küchentisch, ihr fiel nichts zum Reden ein. Sonntag, es war kein Ketchup im Haus. Sie saß ihm allein gegenüber, die Kinder waren übers Wochenende bei ihrer Mutter. Wenn er kam: er war einfach da, plötzlich. Es klingelte, er stand an der Tür. Dann saßen sie am Tisch und redeten über Sucht. Er faßte sein Leben nicht unter dem Begriff. »Sucht?« Sie wollte ihn berühren, er streckte seine Hand nicht aus beim Wiedersehen, beim Abschied. Er ging nicht auf sie zu. Er erwartete nichts. Er fiel nicht über sie her. Ich bin nicht süchtig, sagte er, wenn er kam. Ich bin ja wohl doch süchtig, sagte er, wenn er ging. Das Spiel wiederholte sich. Die Einordnungen sagten ihm nichts. »Keine Erklärungen. Mich interessieren die Erklärungen nicht.« Bei Interviews mit Rockmusikern hörte er weg. Sie kannte ihn ein halbes Jahr, ehe sie anfing, ihn zu lieben. Er hatte mit ihr auf dem Balkon gestanden, eines Sonntagvormittags, Gottfried war die Nacht weggeblieben, sie wartete auf Gottfried, Jürgen sagte: Ich langweile mich zu Tode, diese Langeweile! »Warum rauchst du Shit? Warum trinkst du?« – »Ich bin kein Säufer!« – »Du bist ein Säufer!« – »Ich langweile mich entsetzlich.« Der Anblick eines sich langweilenden Menschen schmerzte sie, und daß er dachte: Langeweile ist Langeweile. Und sie hatte gesagt: Langeweile ist nicht Langeweile, Langeweile ist eine Krankheit. Er mußte sie wohl angeblickt haben, als wär sie nicht ganz richtig im Kopf. Sie hatte auf die Straße gesehen, nach Gottfried. »Er wird schon kommen.« Sie hatte ihm den »Lenz« geschenkt, er hatte geblättert, als er ging das gelbe Reclamheftchen vergessen. Sie hatte ihm die dickunterstrichenen Sätze zeigen wollen: Manche beten aus Langeweile, manche verlieben sich aus Langeweile, und ich habe gar nichts, Herr Pfarrer! Seine Langeweile mit ansehen zu müssen, war wie eine Verführung gewesen, ein halbes Jahr seine Langeweile mitansehen zu müssen. Wie wenn sie einen Menschen an einem Abhang hätte hängen sehen und wäre hinzugestürzt.

Ihr sonntäglicher Besuch in der Suchtklinik. Sie fuhr im Zug, die trübe westfälische Landschaft flackerte an ihren Augen vorbei, sie dachte nichts. Sie wartete eine Stunde bis zur Besuchszeit. Sie dachte, wie Gottfried »flashbacks« aussprach – »fläsch-specks«. Sie saß in einer Wirtschaft unter skatspielenden Männern. Sonntagvormittag. Sie aß Hühnersuppe mit flockigem Ei und Schinken. Sie rauchte, trank Tee. Zu dieser Zeit lag Jürgen noch in ihrem breiten Bett im rolladendunklen Zimmer. Sein kompakter Körper war Erinnerung an Hans. Das Kneipentelefon schellte, sie erschrak, als wär es ihr Telefon zu Haus, sie in Jürgens Nähe, wollte nichts als seine Nähe, immer beisammensein! Schluß nach vier Wochen, vier Monaten. »Nach vier Monaten ist abrupt Schluß.« – »Jetzt sind es noch drei Monate und eine Woche.« Eierschalen der Befangenheit, wer würde die letzten wegnehmen? Der würde ihr Mann. Sie sah, wie Jürgen seine von der Arbeit im Klinikum schwarzen Hände mit der Bürste reinigte, die sie zum Reinigen der Badewanne benutzte. »Diese Bürste ist fürs Saubermachen.« – »Willst du mich verarschen? Du behandelst mich, als wär ich geistig minderbemittelt.« – »Du hast mich mißverstanden.« Sie kämpfte mit dem alten Gefühl: Wer mich zu lieben beginnt, ist lächerlich. Hans hatte sie nicht mehr geliebt, als er sich ihrer sicher war. Am Morgen nach der Nacht im »Hyde Park« merkte sie, als sie ihre Hose anziehn wollte, daß sie befleckt war mit Erbrochenem. Betrunken zu sein. Sie trank im »Hyde Park« einen Wein nach dem andern, den schlechten Wein der Diskotheken. Billiger Sprit, sagte Jürgen. Er hielt sie, wie sie die Gänge entlangschwankte zur Toilette. Sie übergab sich auf dem Weg, gegen eine Wand gelehnt. »Jetzt werde ich dich nicht küssen.« Das war mehr als »Ich liebe dich«. – »Jetzt werde ich dich nicht küssen.« Er lächelte. Reihern heißt kotzen, sagte Jürgen. Sie hielt ihr Gesicht, ihre

vom Erbrochenen nassen Hände unter den kalten Wasserstrahl ins Waschbecken, über dem kein Spiegel war. Sie konnte sich nicht sehen, sie hatte kein Gesicht. Er küßte sie mit den Lippen in den Kuhlen ihres Geschlechts. Sie fühlte sich innig vertraut. Hans' Mund hatte sich nicht zwischen ihre Lippen verirrt. Er hatte sie flüchtig gestreichelt, die Hand schnell zurückgezogen. Lieber einen Spatz in der Hand als eine tote Frau im Bett, sagte Bobbe. Bobbe erzählte einen Schwulenwitz, sie sagte: Auch der Körper des Mannes hat viele Löcher und Kuhlen, verteidigte die schwulen Männer. »Der Bobbe hat eine warme Ader.« Jürgen küßte sie mit den Bissen seines Mundes. Er lag in der Badewanne, sie brachte ihm eine Zigarette. Sie schmorte Rindsrouladen, sein Lieblingsgericht. Sie hörte ihn rufen, seine Stimme war die Stimme von Hans. Sie setzte sich zu ihm auf den Rand der Badewanne. Er sah ihr zu, wie sie blutroten Nagellack von ihren Fuß- und Fingernägeln entfernte. »Laß mich deine Fußnägel anmalen.«
Sie saß in der Kneipe, auf dem Weg zu Gottfried. Um ein Uhr würde sie ihn sehen. Sie hatte Gottfrieds Mutter besucht. »Ich habe Angst, er haut ab.« – »Dann soll er doch kaputt gehen! Dann kann ihm niemand helfen!« Neun Monate, hatten die Ärzte gesagt. Sie hatte Angst, Gottfried abzutreiben. In drei Monaten wird er zum ersten Mal ein paar Tage Heimurlaub haben. Sie würde dann die Zeichen Jürgens wegräumen müssen. Neun Monate lang lügen? Was hatte seine Mutter für ihn getan? Diese große breite Frau saß im ordentlichen Wohnzimmer, künstliche Früchte auf dem Wohnzimmerschrank, Couchgarnitur, bot ordentlich einen Rumtopf an, sie tranken ordentlich, alles stank vor Ordentlichkeit, Anna

war, die Mutter müsse an ihrer eignen Ordentlichkeit ersticken, ihre Ordentlichkeit war ein Virus, der die Unordentlichkeit des Sohnes erzeugte, die Sucht, die Seuche dieses Jahrhunderts. Die Mutter von Ordentlichkeit verseucht, Gottfried von Unordentlichkeit verseucht, bis oben hin. Sie hatte gesagt, Gottfried habe in seinen Briefen wieder von Selbstmordgedanken geschrieben. »Ich habe immer wieder diese Selbstmordgedanken.« Daß er das auch noch schreibt, hatte die Mutter gesagt, im gleichen Atemzug erzählte sie von den vielen Selbstmorden in der Stadt. Der eine habe sich fast vor den Augen seiner Mutter erhängt, der andere sich in den Mund geschossen, ein Liebespaar, drei Tage nach der Rückkehr aus einer Entziehungsklinik, sich gemeinsam vergiftet. »Ja, diese Stadt, und ihre umliegenden Dörfer beherbergen unter der dünnen Decke ihrer malerischen Schönheit und ausgeglichenen Ruhe, im Souterrain ihrer demonstrationszügellosen Straßen Lust auf Mord und Totschlag, Klatsch, der zur Folter wird, und Öde, und Sucht, und Tod, und Schmutz.«

Die Mutter hatte ihr ein Foto von Gottfrieds toter Schwester im Rahmen auf dem Fernseher gezeigt. »Sie hat gar keine blonden Haare?« – »Sie hat sie sich immer gern gefärbt, sie war so lebenslustig.« Anna saß in der Wirtschaft, rauchte, sah in den Schneefall. »Die Frau, die fünf Männer auf einmal lieben kann, muß erst noch geboren werden.« Jürgen lag im nachtdunklen Zimmer, keine Hand vor Augen zu sehen. »Du hast wieder mehr Pickel im Gesicht.« »Für jeden Schluck Alkohol ein Pickel.« Der Samstag im nachtdunklen Schlafzimmer. Sie zog die Kinder an, gab ihnen zu essen, schickte sie auf den Bürgersteig zu den Nachbarskindern. Einmal schellte es sacht an der Wohnungstür, sie öffneten nicht. Sie schliefen miteinander, schliefen, von der Liebe gelöst, den versunkenen Schlaf der Liebenden. Sie wachte auf in schöner Nähe zu ihm, tauchte auf aus dem Brunnen Schlaf. Sie dachte seinen Sätzen nach. »Das kann ich nicht am Kopp haben. Der hat ja einen am Appel. Den muß man zurückentwickeln und abtreiben. Dich haben sie wohl bei der Geburt weggeschmissen und die Nachgeburt aufgezogen.« – »Hätte ich noch keine Kinder, wollte ich eines von dir. Mit deinem dunklen weichen Haar und deinen träumerischen Augen.« Das dritte war ausgelöscht, sie konnte die Geschichte, die schon gelebte, nicht wegmachen. Sie saß mit drei jungen Männern im Wagen. Zwei Boxen im Fond des Wagens, und eine Kassette lief »volle Pulle«. Die Männer bewegten sich sitzend im Rhythmus, Schnee fiel im Scheinwerferkegel auf sie zu. Wer war sie, daß sie mit jungen Männern durch die Nacht zum »Hyde Park« fuhr, frierend im Schneefall vor der Diskothek stand und wartete? »Ich kenne einen Mann, er lebt drei Tage der Woche bei einer Frau, vier Tage bei einer andern. Unehelicher Sohn, der zwei Mütter hat.« Unmöglich, sagte Jürgen. »Einmal wirst auch du noch durchdrehen, das weiß ich.« Jürgen behauptete, sie habe wenigstens zehn Gläser Wein getrunken, höchstens fünf, sagte sie. Für sie war die Grenze schon erreicht. Angst und Beengung, nicht mehr das süße Gefühl des Gelöstseins, Berauschtseins. »Gift ist Medizin, aber zuviel Gift ist Tod.« Sie hatte Angst, zu Gottfried zu gehen, sie ging auf einem losen Seil. Sie machte sich auf den Weg zur Klinik. Ihre Gedanken in Splittern zerstreut. Am kleinen Soldatenfriedhof vorbei, an der Fabrikhalle vorbei. »Dort also hast du deine ›Arbeitstherapie‹.« Der

Pförtner lächelte, sie mußte sich eintragen ins Besucherbuch. Verwandtschaftsbezeichnung: Verlobte. Das Wort wollte ihr nicht aus der Feder, sie schrieb es unleserlich hin. Gottfrieds süchtige Blicke ruhten auf ihr. »Bringst du mir am nächsten Sonntag das Pfirsich-Öl-Shampoo wieder mit? Nur von deinem Shampoo ist mein Haar so weich geworden. Es soll so weich sein, wie du es liebst.«
Sie betrog Gottfried, sie konnte es ihm nicht sagen. »Wer kann zwei Menschen lieben?« Sie hatte mit Gerhard gelebt, Hans geliebt. Sie hatte mit Gottfried gelebt, liebte Jürgen. Zweimal im Monat stand Gerhard an der Wohnungstür, holte die Kinder für einen Tag zu sich. Sein verbittertes Gesicht war ein lebender Vorwurf. »Wenn du nur ein einziges Mal lächeln könntest. Starr mich doch nicht so stechend an!« Eine Fahrradtour durch das westfälische Land, Rosemarie saß bei Jürgen, Niels bei Anna auf dem Kindersitz, Gerhard begegnete ihnen, eine weiße Wollmütze tief ins Gesicht gezogen bis zu den Augen, roter Bart und schwarzes Haar. Er vergaß zu grüßen, schaute sich noch lange nach ihnen um. »Das also ist ihr neuer Liebhaber.« Sie fuhren über Feld und Weg, durch Matsch und aufgeweichte Erde. Die Fahrräder vollgespritzt, ihre Stiefel schlammig. Ein Heer Raben fiel in eine Wiese ein. Jedesmal wenn sie schwarz angezogen war, sagte Gottfried im Besucherzimmer oder in der Cafeteria des Therapiezentrums: Bist du in Trauer? Anna und Gottfried tranken Tee, rauchten, hielten sich noch an den Händen. Um sie Alkoholiker, Junkies und Tablettensüchtige, Besuch empfangend von der »gesunden Verwandtschaft«. »Wer ist denn hier gesund?« Nein, sie war nicht in Trauer, aber sie könnte doch sagen: Ja. Jürgens

Bruder war an Leukämie gestorben mit zwei. Sie horchte auf die Stimme seiner Mutter, die anrief, fragte: Wohnt Jürgen jetzt bei Ihnen? Sie war müde, legte ihren Kopf auf die Tischplatte, grübelte. »Zwischen zwein stehn.« Bobbe saß ihr gegenüber im orangenen Sessel: laß uns weggehen, Anna. »Wir können doch morgen wieder zum Flippern gehen, laß uns heute hierbleiben.« – »Nein, das meine ich nicht. Laß uns weggehen, weit weg, wir zusammen. Ich geh überallhin mit dir.« Sie hatte Gottfried in die Suchtmühle gebracht, sie konnte sich nicht raushalten aus allem. »Mürbes Ich, du saugst die Leiden der andern auf, ein knochentrockener Schwamm.« – »Ich komme raus, und du kommst rein! Du trinkst jetzt auch?« In dem Warteraum der Klinik sah es aus wie in einer Flughalle, sagte Bertha. »Abtreibung ist doch heute nicht mehr, was sie mal war. In der Klinik war ja eine Atmosphäre wie in einer Sauna.« Sätze von Hans in ihrem Nacken, wie Schläge. »Du behältst auch alles. Zieh einen Strich unter die Vergangenheit. Die Vergangenheit ist abgeschlossen. Vorbei.«
Kahle Baumzweige ragten vor ihrem Fenster. Sie mischte Wein mit Kirsch- und Orangensaft, nahm ein Librium nach dem andern. Bei ihrer Rückkehr saß Jürgen in der Badewanne, schwieg, als sie von Gottfried erzählte. »Ich könnte manchmal heulen. Du bist wie ein Buch, das man nicht begreift. Und wenn man es hundertmal durchliest.« – »Warum weinst du nicht?« – »Ich heule nicht vor Fremden.« – »Bin ich fremd für dich?« – »Ja, wenn ich heule, bist auch du fremd.« – »Glaubst du, ich würde dir mit Mitleid auf die Nerven gehn?« – »Wie soll ich das wissen? Mitleid kann ich auf den Tod nicht ausstehen.« – »Ich respektiere Menschen, die weinen können. Hans

weinte in einem leeren düstern Pensionszimmer. Ein Waschbecken, ein einfaches Bett, er sagte: In diesem Zimmer kann ich plötzlich weinen. Er schluchzte in meinen Armen um seinen frühgestorbenen Vater. Trauerndes Weinen brach heraus, ein lange gehüteter Schmerz.« Jürgen kroch am Boden des Kinderzimmers, fing die Hamster wieder ein, die er ein bißchen hatte tippeln lassen. »Die Hamster müssen sich an ihre Umgebung gewöhnen. Sie sind so empfindlich wie ich.« Er suchte unter den Kinderbetten. »Wenn mir einer Schwierigkeiten macht, hau ich ab, Bobbe zum Beispiel, aber von dir nicht.« Die Kinder grapschten nach den Hamstern, Jürgen wies sie zurecht und schnauzte sie an, Anna zuckte zusammen. »Das sind die Unzärtlichkeitsgesten, die ich hasse.« Sie bemühte sich zu kochen für einen Mann, wie es ihre Mutter selbstverständlich tat. »Es schmeckt dir wohl nicht? Deine Mutter kann sicher besser kochen!« – »Meine Mutter kann schließlich nicht schreiben.« – »Schreibenkönnen. Für das Schreiben würde ich mich verbrennen. Aus der Asche stiege der Phönix Literatur.« Sie verbrannte aber auch die andern, zurück blieben beschriebene Blätter. »Ich schrieb immer über Menschen, die verschwunden waren. Trennung als Motor des Schreibens. Dich will ich nicht verlassen. Immer will ich mit dir bleiben. Einmal bleiben.« – »Wie bist du denn zu diesem ›Job‹ gekommen? Ich denke, du warst Hebamme?«

Hans hatte einen blauen Peugeot gefahren, seine Hündin im Fond hechelte, Anna hechelte nicht bei der Geburt. »Bei Abtreibungen wird nicht gehechelt.« Sie spielte Bobbe und Jürgen von der Kassette den Geburtsschrei vor, den sie ausgestoßen bei Niels' Geburt. »Wird da

einer abgestochen?« Sie saß mit Jürgen im Odéon, vor dem sie, eine verschreckte Maus, zwei Jahre zuvor auf Hans gewartet. Unter dem Sonnenschirm hatte sie gesessen und gewartet auf die Abfahrt nach Amsterdam, zur Hinrichtung. Sie tranken Bier und Cointreau, Jürgen fragte: Mit wem warst du schon mal hier im Odéon? »Mit Hans.« – »Immer dieser Hans. Kannst du ihn nicht endlich vergessen?« – »Dort in der Ecke saßen wir und aßen westfälische Schinkenplatte und Pumpernickel. Hans war ein Feinschmecker. Ein Kenner. Ein Frauenkenner. Ein Frauenliebling. Ein Genießer. Ein Fleischlüstling. ›Ich habe immer alles gekriegt, was ich haben wollte.‹« Sie schenkte Jürgen die Pistole, mit der sie Hans in der Nacht vor der Absaugung hatte umbringen wollen, dabei hatte sie nicht einmal umzugehen gewußt mit dem »Püster«. Jürgen freute sich wie ein Kind über das Geschenk. »Verschenkst du immer Pistolen?« – »Was willst du mit dem Ding?« – »Nur so, zur Abschreckung.«
Fühlte sie sich nicht immer erinnert an alles? Sie spann ihr Spinnennetz der Erinnerung um sich. »Ohne Erinnerung kann ich nicht schreiben. Das Schreiben ist das Wichtigste.« – »Wichtiger als ich?« – »Einmal will ich, daß ein Mensch bleibt. Und daß du und das Schreiben nicht einander ausschließen – zwei Geliebte, und einen muß man einmal verlassen.« Zwei Jahre zuvor hatten sich Gerhard und Hans um sie geschlagen. Gerhard, tödlich verletzt in seiner Liebe zu ihr, hatte Hans auf der Treppe zu Boden geschlagen, ihm Haarbüschel ausgerissen, Hans' halbgraues Haar auf der Treppe. Er hatte in der Stube gesessen, dem stummen Gerhard gelassen gesagt: Ich liebe sie. Es war über sie verhandelt worden. Hans und Gerhard hatten sich in Bremen getroffen. Gerhard

hatte sich die Pulsadern geritzt, einen Zettel geschrieben: Ich bringe mich um. Blutspuren auf dem Zettel. Er war im Wald herumgelaufen, hatte die Baumstämme angestarrt. Ohnmächtig hatte er seinen Schmerz in sich gefressen.

Gottfried stand plötzlich vor der Tür. War abgehauen aus der Entziehungsklinik. »Du fieses Miststück, ich weiß alles.« – »Beschimpf mich nicht.« – Sie schloß die Tür, er rannte ins Wohnzimmer, suchte mit Blicken nach Zeichen Jürgens. »Ich bin am Brunnen gewesen, und Peter hat mir alles erzählt. Hast du mit ihm Geschlechtsverkehr gemacht?« – »Das ist das einzige, was dich interessiert!« Sie duckte sich unter den Schlägen seiner Vorwürfe. »Er gibt mir Ruhe!« – »Du bist hemmungslos! Also hast du mit ihm geschlafen! Wie konntest du mir das antun!« – »Er gibt mir Ruhe! Verstehst du das nicht?« – »Und ich, ich habe dir gar nichts gegeben?« Er sah eine Hose Jürgens auf der Couch. »Also lebt er schon hier.« Er setzte sich, sackte in sich zusammen. »Ruf bei der Klinik an, ich will zurück.« Der Sozialarbeiter sagte, er müsse erst den Chef fragen, ob Gottfried wieder aufgenommen werden könne nach seiner Flucht. Gottfried lebe nach dem Lustprinzip, er könne nichts durchhalten. Er wollte zurück zur Klinik, sie warteten auf den Anruf des Sozialarbeiters. Dann sprach er von seiner Mutter, sie würde ihn nicht aufnehmen. Er rief seinen Bruder auf der Arbeitsstelle an. Um halb sechs werde er abgeholt. »Jürgen kommt um halb fünf. Willst du nicht lieber vorher gehen?« – »Nein, ich warte auf ihn.« Der Schlüssel drehte sich im Schloß, mit einem Blick erfaßte Jürgen alles. »Tag.« Sie saßen beim Essen, Gehacktes, Kohlrabigemüse, Specksoße, Endiviensalat. Sie schwiegen, das Essen blieb im Hals stecken. Ich habe Magenschmerzen, sagte Jürgen. Freunde, die sie waren, gingen sie nicht aufeinander los wie Gerhard und Hans zwei Jahre vorher, versuchten ein Gespräch anzuknüpfen, als sei nichts. »Wie geht es auf der neuen Arbeit?« Gut, sagte Jürgen. Gottfried saß vor seinem leeren Teller. »Willst du nicht wenigstens etwas essen?« – »Nein.« Gottfried packte seine Sachen, nahm das Muttergottesbild aus dem Schlafzimmer, das er bei seinem Einzug vor einem halben Jahr mitgebracht hatte, suchte seine Kleidungsstücke aus dem Schrankfach, seine in ihrem Schreibtisch liegenden Papiere zusammen. Jürgen ging aufs Badezimmer, seine staubigen Arbeitsklamotten ausziehen, stand auf dem Flur, gefaßt, nach außen ruhig. Der Bruder in blauen Arbeitsklamotten: Mit euch geht es also zu Ende. Der Sozialarbeiter rief an, Gottfried könne zurückkommen, müsse um sieben in der Klinik sein. Anna brachte Gottfried hinunter. Er küßte sie beim Abschied. »Verlaß mich nicht. Kommst du mich am Sonntag wieder besuchen? Du kannst den Jürgen ruhig mitbringen – und bitte bring die Kinder mit.« Sie stand vor der Haustür, winkte dem abfahrenden Auto nach.

Du kannst dich nicht binden, sagte Jürgen, als er im Tiefen Faß fünf Halbe getrunken hatte. »Immer wenn du schicker bist, sagst du, du hättest ein Kind an die Erde gemacht.« Nach dem Konzert von »Chicago« in der Großen Halle sagte Jürgen: Laß uns ins Faß gehen. Sie stritten um Jürgens Art, mit den Kindern umzugehen. »Diese brutale Art, wie du zu Rosemarie sagst: Du hast doch Stroh im Kopf, du hast einen am Appel, dich hat man vergessen zu vergasen.« Sie schwiegen, sie schaute ihn einfach nur an, sah auf seine verwaschenen Jeans.

Seine Augen dunkel und ein bißchen dumpf, »Idiotenaugen« vom Shitrauchen, sagte sie. »Willst du mich verarschen?« Sein volles Gesicht voller Pickel, für jeden Schluck ein Pickel. Die große breite Nase, der volle Mund mit der breiteren Unterlippe, das nicht kräftige dicke, aber weiche dunkle lockige halblange Haar. »Ich weiß, daß ich schönes Haar hab. Mit zwanzig werde ich schon grau. Mit dreißig bin ich ganz grau. Meine Mutter war auch mit dreißig grau.« Sie berührte sein Haar, suchte die frühergrauten Strähnen. »Hast du soviel Sorgen gehabt?« – »Das ist Vererbung.« Er bestellte noch einen Halben. Für sie Eierlikör mit Kaffee. Sie trank Whisky mit Orangensaft, schüttelte sich. Trank Wodka und Korn, er bestellte noch einen Halben, und noch einen. Sein Vater habe ihn einmal bewußtlos geschlagen, ihm drei Rippen gebrochen, er sei ins Krankenhaus eingeliefert worden. Aber das sei heute alles schon nicht mehr wahr. »Die Schläge haben mir nicht geschadet.« Wie er Gottfried gesehen habe, so verändert, so klar im Vergleich zu früher, habe er sich schuldig gefühlt. »Ich habe ihm die Frau weggenommen. Ich wollte gehen.« – »Für immer?« – »Hättest du die Entscheidung noch lange hingezogen, wär ich auf und davon.« Sie hatte sich noch nicht entschieden, sie konnte sich nie entscheiden. Diesmal wurde sie zur Entscheidung gezwungen. Gottfried war nicht Gerhard, der aushielt in einem Keller, der schon voller Wasser stand. Gottfried ging, ehe das Haus zusammenbrach und ihn unter sich begrub. Gerhard hatte ausgeharrt, gewartet, sie geschlagen, versucht, die Liebe mit Schlägen ihr einzubleuen. »Sich trennen können im richtigen Moment, eine Leistung. Ich kann mich nicht trennen.« Sie wollten noch bestellen, die Wirtin hörte nicht. »Junge Frau, noch einen Halben.« Sie drehte sich um, lächelte. »Wie alt sie sein mag?« – »35?« – »Nein, älter.« – »Höchstens 38. Ich werde sie fragen.« Sie brachte das Bier, Anna fragte. »Das sag ich nicht.« – »Mir können Sie es ruhig sagen.« – »Ich sehe älter aus als ich bin. Ich bin '46 geboren. Ich habe viel durchgemacht.« – »Was denn?« – »Ich habe sechs Kinder, zwei leben.« – »Ich könnte das nicht aushalten.« – »Man hält alles aus.« Die Wirtin stand vor ihnen, auf dem Sprung, die Gläser in den Händen. »Sind die Kinder bei der Geburt gestorben?« – »Ja, und eine Bauchhöhlenschwangerschaft.« Sie ging fort zur Theke. Anna warf ein paar Markstücke in die Musikbox. »Speedy Gonzales, als ich neunzehn war, habe ich mit Gerhard auf Parties danach getanzt.« – »Das sind Gedankensprünge.« – »Assoziationen.« – »Asso-zi-atio-nen?« – »Stell dir vor, du gehst die Straße entlang und siehst einen Baum, den du einmal im Rauschzustand farbig sich wölbend gesehen hast, der Anblick des Baumes wird dir deinen früheren Trip vergegenwärtigen.« Jürgen lachte: Du mit deinen Fremdwörtern! »Aber du besitzt doch auch fremde Wörter: hamel und jovel, schofel und astrein, Püster und Koten . . .« Sie hatten zwanzig Mark vertrunken. Gegen zwei war die Wirtin schicker, umarmte ihren Mann hinter der Theke. Anna ging bezahlen, die Wirtin hatte einen vollen Busen, ein verhärmtes Gesicht mit lachenden schickeren Augen, dunkles lockiges Haar, trug einen grünen Pullover. »Ich habe nie einen Menschen gehaßt, aber Hans.« – »Laß ihn, er ist für dich gestorben.« – »Dieses freundliche, charmante Schwein!« – »Hast du Gerhard geliebt?« – »Ja, auch wenn ich ihn verließ. Er hat jämmerlich reagiert. Mit Schlägen kann man keine ungetreue Frau zurückho-

len.« – »Du kannst dich nicht binden. Deine Männergeschichten zeigen es.« – »Männergeschichten! Ich hätte Gerhard nicht heiraten dürfen. Er ließ mich nicht los, ich hatte gerade das Elternhaus verlassen. Wenn mir ein Mensch gehört, laufe ich weg. Du gehörst mir nicht.« – »Nein, ich gehöre niemand. Meine Mutter hat es heute noch nicht kapiert.« Jürgen sagte, vielleicht werde er bald zu Peter ziehen, Anna dachte: Laß ihn, so bleibt er mir. Niemand durfte ihr zu nah kommen, durch Menschennähe geht ein Trennungsstrich. »Auch du hast eine kalte Ader.« Anna war verletzt. »Jeder hat eine kalte Ader. Irgendwo bist auch du ganz kalt.« Ich zeige nicht gern Gefühle, sagte er. »Wenn wir uns einmal trennen, wirst du in die Diskothek gehn und dir einen schickern, und ich?« Ich werde weinen, sagte er.
Gottfried war in die Klinik zurückgekehrt, hatte aber dem Sozialarbeiter gesagt: Die Frau Wildermuth hat einen anderen. »Mit Anna geht es zu Ende.« Drei Tage danach kam der Brief des Sozialarbeiters: »Bezüglich der uns durch Herrn Rosengarten bekanntgewordenen veränderten Beziehung zwischen ihm und Ihrer Person halten wir es aus therapeutischen Gründen für erforderlich, ab sofort die Besuche und Korrespondenzen einzustellen. Hochachtungsvoll.« Verordnete Trennung, kurz und schmerzlos, noch hatte sie sich nicht von Gottfried getrennt. Jürgen brachte zum ersten Mal die Kinder zum Kindergarten. In der Ablage zwischen den Vordersitzen lag der Püster. Anna schaute dem Auto nach, war glücklich, wie am Morgen, als sein Gesicht zwischen ihren Brüsten gelegen, sein Atem ihre Haut gestreift hatte. Draußen Gesang der Vögel, zum ersten Mal im neuen Jahr hörte sie ihn, Geräusche der Menschen, die den Tag

begannen, Gerumpel der Busse, Krankenwagensirenen. »Im Traum besuchte ich Gottfried. Es war ein schwieriger langer Weg zu ihm. Ich wußte nicht, sollte ich ihn zu Fuß, im Taxi oder mit der Bahn zurücklegen. Ich ging eine Treppe hinauf in den 10. Stock. Es war mein erster Besuch, seit er von meinem ›Betrug‹ erfahren hatte. Ich war voll Angst, wie wohl die Mutter Gottfrieds mich empfangen, ob sie mich überhaupt hereinlassen würde. An Gottfrieds Krankenbett saßen zwei Besucher, Gottfried war ihnen im Gespräch zugewandt, ich sagte Guten Tag, Gottfried reagierte nicht. Er sagte keinen Ton, ich war Luft. Wenn du mich nicht willst, kann ich ja gehen, wollte ich sagen. Aber ich blieb wie gebannt stehen, konnte mich nicht bewegen und keinen Ton sagen. Ich brauche ihn doch auch, sagte ich laut.« Ihre Briefe würden Gottfried nicht mehr erreichen. Sie rief den Sozialarbeiter an, Gottfried wolle sie nicht mehr sehen. »Manchmal muß man zu Trennungen gezwungen werden. Sonst stirbt man, weil man sich nicht trennen kann.«
Sie fuhr mit dem Zug nach Gütersloh, stieg in Hamm um, saß im Zug betäubt, ihr Kopf sank zurück, sie fiel in eine bleierne Müdigkeit, in halben Schlaf, bis sie aufschreckte und die Landschaft wieder vorüberfliegen sah, der Zug hielt nirgendwo, sie hatte keine Uhr. Nach einer Zeit, die der Zug gleichgültig weitergeglitten war, hielt er in Rheda, sie war beruhigt, die nächste Station Gütersloh. Sie sah die modernen grauen Blöcke der Klinikgebäude wie zum ersten Mal, vielleicht zum letzten Mal. Sie wußte den Weg zum Büro des Sozialarbeiters. Sie verteidigte sich, erzählte Gottfried habe sie jeden Sonntagnachmittag erpreßt, mit ihm im Vorraum der Toilette neben dem Besucherzimmer »Geschlechtsverkehr zu ma-

chen«. »Andere Besucher haben uns in dieser Richtung informiert. Es ist nicht unbemerkt geblieben.« Der Sozialarbeiter fragte sie aus: Was gibt Ihnen denn Ihr neuer Freund? Ich denke, der ist auch süchtig? »Ach, der raucht nur ab und zu mal Shit, trinkt ein bißchen, längst nicht so hemmungslos wie Gottfried. Der zieht sich nicht täglich zehn Pfeifen rein.« Sie spielte herunter, er sah sie forschend an. »Ich höre, Sie trinken jetzt auch?« – »Ach, ich habe nur ein paarmal getrunken, als ich es Gottfried nicht sagen konnte.« – »Beim nächsten Problem trinken Sie wieder. Da kann man sehr schnell reinkommen.« Sie spielte herunter, wollte sich reinwaschen von Schuld, wollte in den Augen des Sozialarbeiters nicht als die Hemmungslose gelten. Es klopfte, Gottfried trat ins Büro. Rotgeweinte Augen, ein rotes Gesicht. Schluß einer Beziehung, Ende einer Liebe, hämmerte es in ihrem Kopf. »Die Fähigkeit, sich von einem Menschen zu trennen.« Gottfried grüßte tonlos, setzte sich, mit gesenktem Kopf, er sah Anna nicht an. »Erst hilfst du mir. Und dann läßt du mich liegen.« Er trug den Verlobungsring nicht mehr. Der Sozialarbeiter sagte, am Sonntag habe er ihn noch getragen. Den silbernen Herzanhänger mit dem Bild von ihnen darin trug er noch. »Können wir denn nicht Freunde sein?« – »Du willst mich also endgültig verlassen? Endgültig?« – »Ich weiß es nicht.« – »Du hast dich ja schon entschieden.« – »Wenn der Mann den Körper der Frau nicht mehr hat, will er alles nicht mehr.« – »Ich kann nicht. Versteh mich doch. Ich kann nicht. Vielleicht später.« Der Sozialarbeiter stand auf. »Ich glaube, es ist alles besprochen. Ich glaube, es ist besser so für Sie, Herr Rosengarten, Sie können nun auf niemand mehr zurückgreifen. Seitdem Frau Wildermuth Sie ver-

lassen hat, arbeiten Sie viel besser mit. Wir haben einen neuen Therapieplan für Sie aufgestellt, den können wir nachher besprechen. Und ich glaube, es ist auch besser für Frau Wildermuth. Sie hat mir gesagt, der Mann, mit dem sie lebe, müsse auch ihren Kindern Vater sein, und wenn ich mich recht erinnere, fragte ich Sie einmal, wie Sie zu den Kindern von Frau Wildermuth stünden, und Sie sagten: Es sind ja nicht meine Kinder.« Er dozierte, Gottfried sagte nichts. Dann waren sie alleingelassen. Sie gaben einander die Hand. »Schreib mir trotzdem. Nur deinen Absender schreib nicht drauf.« Sie weinten beide. Im Zug hielt sie sich an den absichtslosen Gesprächen der Leute fest. So schön die Sonne ist, warten wir ja schon lange drauf, aber wenn sie immer ins Auge blendet, sagte eine Frau. Anna schräg gegenüber ein einsamer Trinker, Bierflaschen und kleine Schnapsflaschen um sich. Sein Bauch wie der Leib einer Schwangeren im achten Monat, sein Gesicht geschwollen und aufgedunsen, seine Augen und Wangen gerötet. Er fiel in ein leise schnarchendes Schlafen, öffnete hin und wieder seine Schweinsäuglein. Gottfrieds Schmerz schnürte Anna den Leib ein, zu Hause sagte Jürgen: Du siehst ganz zerstört aus.
Ein Foto von Gottfried und ihr, Gesicht an Gesicht, an der Wand. Auf dem Wohnzimmertisch zwei dunkle Steinkrüge, die Gottfried ihr in der Werktherapie geformt hatte. Die schmale Gestalt Gottfrieds, hellblondes Jungenhaar, lockerer wiegender Gang vor ihren Sinnen. Und wenn sie sich tausendmal sagte, einmal wär es doch kaputtgegangen, sie fühlte sich schuldig. Jürgen sagte: Er hat dich sowieso dreimal betrogen. Sie weinte, wollte nicht glauben. »Er war schicker. Dann hat er nichts mehr gemerkt. Mir hat er es erzählt. Ich sollte es dir nicht

sagen. Er liebte dich.« – »Du sagst das nur, damit mir die Trennung leichter wird.« – »Nein, es ist wahr. Noch in der Nacht, bevor du ihn in die Klinik gebracht hast, war er bei einem Mädchen. Er wollte sich bestätigen. Die Mädchen fliegen auf ihn, das weißt du. Er braucht nur zu lächeln. Ein Wink genügt. Er sagte: Seit ich die Anna kenne, kann ich nicht mehr mit jungen Mädchen. Die haben keine Ahnung vom Geschlechtsverkehr.« – »Wie er das Wort ›Geschlechtsverkehr‹ immer so trocken und selbstverständlich aussprach!« Jürgen saß in Arbeitsklamotten am Küchentisch, »weißhaarig« vom Zementstaub, müde, kaputt. Im Klinikum sei es wie in einem Raumschiff, heute habe er sich nur zweimal verirrt. »Ich glaube, ich mach doch den Meister.« Sie aßen Nudelsalat mit Hähnchenfleisch, Erbsen und Käse, Kohlsalat dazu, Jürgen sagte: Du kochst sehr gut! Die rastlosen, vom Spielen auf dem Spielplatz erschöpften Kinder störten den von der Arbeit ausgelaugten Jürgen. »In meinem Kindergarten gab es einen Maulkorb.« – »Was für einen Maulkorb?« – »Ich hatte einen Husten und bölkte wie verrückt. Die Kindergärtnerin ›legte mir den Maulkorb an‹, ein Handtuch um den Mund. Sie schickte mich aufs Klo, dort konnte ich endlich in Ruhe husten.« – »Du verteidigst diese Erziehungsmethoden wie ein alter Mann, der sagt: Wir haben auch Schläge bekommen, sie haben uns nicht geschadet.« Sie fühlte sich wieder wegen ihrer Kinder verachtet. »Kinder sind eben so. Du kannst sie nicht fesseln an Händen und Füßen. Sie bewegen sich den ganzen Tag so, wie du nur nachts in der Diskothek beim Tanzen.« Wie die Kinder suchte Jürgen in ihr den ruhenden Pol, die Mutter als ruhender Pol, sie konnte es nicht sein. Bei jedem Lärm der Kinder fühlte sie Jürgens

Nervosität schon voraus, und war froh, wenn sie endlich im Bett lagen, schliefen. »Kinder sind nicht so. Das ist doch nicht normal.«
Es war spät, Zeit zum Schlafengehen, um halb sechs mußte er aufstehen. Sie lagen beieinander, er fragte sie, wie sie Gottfried kennengelernt habe. »In der ›Lila Eule‹. Er lächelte übers ganze Gesicht. Ich glaubte, er wäre schwul. Er war mit Freunden dort. Er war ›breit‹, bedrönt. Ich kannte die Wirkungen von Shit nicht. Er tanzte in weichen, glücklichen Bewegungen. Ich tanzte neben ihm. Wir tauschten Blicke, er lächelte mich an. Irgendwann gingen seine Freunde, er war auf sie angewiesen. Er fragte, ob ich zum Abschied nach draußen komme. Draußen flehte er mich an, mit zu ihm zu kommen, seine alten Herrschaften seien verreist. Ich sagte: Ich schlafe lieber in meinem eignen Bett. Dann wollte er mich nach Haus bringen, ich setzte mich in den Wagen. Im Wagen vor meiner Wohnung konnten wir uns nicht trennen. Ich lud die fünf auf eine halbe Stunde zu mir ein. Es war gegen zwei, ich hatte fünf Flaschen Bier im Kühlschrank, wußte nicht, daß es für sie so gut wie nichts war. Von ihnen trank jeder am Abend einen Kasten Bier leer. Seine Freunde gingen, er mochte sich nicht trennen. Sie warteten und hupten, er wollte nicht gehen. Er flehte und bettelte: Laß mich nur hierbleiben. ›Wenn du mir versprichst, daß du nicht mit mir schlafen willst.‹ Er schlief im Kinderzimmer, und wie ich ins Badezimmer ging und mich wusch, rief er: Anna, Anna! Ich setzte mich zu ihm aufs Bett. Ich nahm seine Hand und sagte: Komm. Und später in meinem Bett fragte er mich, ob ich ›von der Schmiere‹ sei, warum ich soviel frage. Eine ›Schriftstellerin‹, sagte er. Und ich fragte: Was

heißt ›Schmiere‹? Er sagte: Polizei, Bullen, Rauschgiftdezernat, RD.« Vielleicht kann ich mich nicht binden, sagte sie. Jürgen löste sich aus der Umarmung. »Ich wollte dich nicht verletzen.« Er zog sie sacht auf sich. Er hatte es gern, wenn sie auf ihm lag. Er streichelte ihre Brüste, sie spürte sie schwellen. »Schlaf bitte ein. Wenn du schläfst, gehe ich von dir und lege mich neben dich.« Sie küßte seine Augenlider und blieb auf ihm. Sie streichelte seine Augenlider mit den Kuppen ihrer Finger. Am nächsten Morgen verschliefen sie sich. »Jetzt kann ich mir wieder eine neue Stelle suchen!« Jürgen wusch sich schnell, Anna kochte Tee und schmierte Brote, füllte seine Thermosflasche mit Tee. »Sag doch, deine Mutter hat dich zu spät geweckt.« – »Meine Mutter? Ich sage, der Wecker ist stehengeblieben.« Jürgen küßte Anna beim Abschied. Es war ihr wohl, wie er so wegging, jeden Tag zu einer festen Arbeit. Sie setzte sich gleich an den Schreibtisch, er gab ihr Halt in ihrem Schriftstellerheimarbeiterleben. Die Kinder waren fort zum Kindergarten, sie erinnerte sich der Zeit, da sie Hebamme gewesen, schaute nach draußen auf die kahlen Bäume, roch und hörte das Frühjahr kommen, neigte sich aus dem Fenster, spürte die neue Luft ihr Gesicht anwehen. Die ersten wollüstigen Laute der Vögel, sie saß vor den leeren Schreibmaschinenblättern, beschwor die Dirne Erinnerung. Es gelang ihr nicht, sie mit ihrem ganzen Anhang von Gesindel aus dem Haus zu treiben.

Jürgen und Anna feierten am Abend Elkes 21. Geburtstag, saßen zu zehnt in der Kneipe um einen runden länglichen Tisch, sprachen vom Trinken, Jürgen sagte: Ich trinke nicht, weil ich Probleme habe, ich trinke, weil es mir Spaß macht. »Was ist das: Spaß? Just for fun? Du willst vergessen, du willst sogar das Bewußtsein vergessen, daß du vergessen willst. Erst dann ist dein Vergessen vollkommen.« Sie konnte das nicht laut sagen, es wäre ihm wieder wie eine ihrer »Erklärungen« erschienen. Sie standen auf dem Gang zur Diskothek, an die Wand gelehnt, schöpften Luft, aus der Saunahitze der »Lila Eule« hatte er fortgewollt, im schickeren Zustand wurden sie redselig.

»Ich habe ein Kind umgebracht.« Sie war schicker, er nahm sie nicht ernst, am nächsten Morgen hatte er solche Aussprüche vergessen. Er vergaß alles, wollte sich an nichts erinnern. Was am Vortag gewesen, war vorbei, er lebte im Augenblick, fragte danach, ob der Augenblick langweilig sei oder nicht. Kindermörder, Kinderhasser nannte Anna ihn oft, das war kein Kosewort. Junger Mann, das war ein Kosewort. Und er sagte: Schöne Frau! Sie nannte ihn Kinderhasser. »Wenn es meine wären, wären sie anders.« – »Danke!« – »Zum Teufel mit der leiblichen Vaterschaft.« Er kam erschöpft von der Arbeit, fuhr die quirligen Kinder an mit schon bekannten Sätzen: Du hast doch einen an der Kirsche, euch müßte man ins Klo stecken und abziehen! »Wer löst mich aus der Befangenheit meines Körpers?« Jürgen und Anna standen im »Green«, sie sagte: wenn ich in deiner Sprache redete, würde ich sagen: die Liebe mit dir ist jovel! Sie lagen unter der lindgrün bezogenen Federbettdecke, sie war nicht eigentlich betrunken. »Ich habe vielleicht acht Korn getrunken und in der ›Kronenburg Bar‹ noch einmal drei Wodka-Lemon.« Sie, die früher keinen Tropfen Alkohol angerührt hatte, wurde trinkfest. »Zwei Nächte mit nur vier Stunden Schlaf, und morgen um sechs Uhr raus.« Sie war sein »lebender Wecker«. »Ich glaube, ich darf nichts mehr trinken, ich werde hautsüchtig!« – »Das ist doch schön.« Jürgen sagte, das ist doch schön, aber sie fühlte sich schon verlassen, wenn er eher einschlief als sie, sie mit ihren Fragen allein ließ.

Sie war nicht nur mit sich selbst beschäftigt. Jürgen sagte, sie sei fast schon eine Institution für Süchtige geworden. Sie half, Bobbe zum Beispiel, und kam dennoch nicht los von sich, wie jemand, der im Schneetreiben, keine Hand vor Augen, immer im Kreis geht. Dabei hatte sie, als sie nach der Aussaugung, nach dem ersten Schrecken, der ersten Betäubung, aufgewacht war, mit wachen und nüchternen Augen die Welt wie zum ersten Mal angesehen, ihre Wohnung eingerichtet, ihr Leben neu organisiert. Nach ihrem Abschied schrieb Gottfried ihr aus der Klinik: »Es hat mich glücklich gemacht, daß du gekommen bist. Du sahst sehr schön aus. Ich freue mich sehr, daß wir gute Freunde bleiben. Du weißt, daß ich dich noch sehr liebe und mich nach dir sehne. Ich denke immer an die schöne Zeit mit dir. Ich habe viele Fehler gemacht, ich glaube, das kam alles durch die Drogen, die haben mich sehr verändert. Wenn ich drei Tage nach Hause fahren darf, kann ich dich dann besuchen? Bestell Jürgen schöne Grüße. Ich mache ihm keinen Vorwurf.« Sie zeigte Jürgen den Brief. Daß die Freundschaft dauern kann, wenn die Liebe vergeht! Die Geschichte ihrer Abtreibung, zwei Jahre zuvor, war die Geschichte einer Hörigkeit, einer Sexualangst, einer Befreiung. Sie hörte: your kisses deep and warm. Sie saß auf dem weißen Toilettendeckel und sah Jürgen beim Baden zu. »Als meine Eltern einmal verreist waren, habe ich acht Stunden in der Badewanne gelegen.« – »Das finde ich pervers.« – »Pervers?« – »Ach, nein, ich finde es schön. Dein langes Baden macht mich ruhig. Gottfried flippte in der Wohnung herum.« – »Irgendwann wird dir mein langes Baden auf die Nerven gehen.« – »Nein. Ich liebe es.« – »Warum?« – »Kafka führte mit seiner Schwester lange Gespräche im Badezimmer. Die Spiegel beschlagen vom Dunst des warmen Wassers. Vertraute Gespräche.« Er schüttelte, badend, den Staub der Arbeit ab. Sein Kopf lehnte am Wannenende, er wusch sich das Haar, beugte seinen Kopf zurück, tauchte unter, die Augen geschlossen, tauchte wieder hoch, in ruhigen langsamen Bewegungen, sein Haar dunkel, triefend, enganliegend. Seine Haschischpfeife lag auf der Waschmaschine. Sie sagte, sie ekle sich manchmal vor dem Haschisch. »Du ziehst aber doch immer mit an der Pfeife.« – »Aber ich merke keine Wirkung.« Sie hatte zu Anfang ihrer Ehe mit Gerhard Eifersucht empfunden, wenn er geraucht hatte. Jürgen zog sich eine Shitpfeife rein und rauchte sich von ihr fort. Sie saßen im geparkten Wagen, er war auf den Parkplatz von Karstadt gefahren, wo sie, wie er sagte, vor den Bullen am sichersten wären, Jürgen und Bobbe und ein dritter, Anna unbekannter junger Autoschlosser, vor kurzem arbeitslos und Junkie geworden, bauten sich eine Pfeife. Ein Ekel erfaßte sie, oder war es mehr Eifersucht als Ekel? Sie fühlte sich ausgeschlossen. »Wenn ich Millionär wär, würde ich euch in ein Zimmer sperren, euch soviel Shit kaufen, daß ihr ein halbes Jahr davon rauchen könntet, ihr müßtet eine Pfeife nach der andern rauchen, bis ihr tot umfielet oder mich auf Knien anflehtet, euch freizulassen und nie mehr Haschisch rauchen zu müssen.« Ich will mit den Junkies gar nichts zu tun haben, sagte Jürgen. »Ich habe es zu oft erlebt, daß du etwas durchaus nicht tun wolltest, und kaum saß dir jemand

gegenüber, der es tat, hattest du deinen eignen Willen verloren. Darum willst du mit den Junkies nichts zu tun haben.«
Er kam von der Arbeit nach Haus, sie saß am Küchentisch, las in Strindbergs »Entzweit«. Momente der vollkommenen Einsamkeit, Momente der seligen Zweisamkeit. Sie konnte wieder lesen, wieder arbeiten. Jürgen verbummelte oder verschlief nicht, wie Gottfried, den Tag, nahm nicht ihre ganze Aufmerksamkeit in Anspruch. Sie las Herman Bang »Am Wege«, sie las Wolfgang Koeppen »Eine unglückliche Liebe«. Jürgen war mißtrauisch gegen die Bücher. »Das sind doch nur Wörter. Wörter sind nicht wichtig.« Anna nahm die Wörter wichtig. Wörter verletzten sie, rissen plötzlich ein Gespräch entzwei, griffen sie an wie ein Medikament mit gefährlichen Nebenwirkungen. »Was machen wir am Wochenende?« Diese Frage schon am Mittwochabend, sie haßte ihre Angst, daß der andere sich langweilen, nichts mit sich anfangen könnte. »Verführe mich bitte.« Er aß ein Brot in der Küche. Er brachte zwei Gläser mit Korn ins Wohnzimmer. »Ich mag keine Alkoholiker. Ich mag Menschen, die gern trinken.« Dann tranken sie den Korn im Bett, sie lag, er saß am Bettrand. »Prost, Jürgen! Prost, Anna« – »Hätte ich mit Gerhard einmal getrunken, vielleicht hätten wir uns nie so zerfleischt.« Sie lag untätig, sagte: Verführ mich bitte. »Was ist das, verführen?« – »Ich meine nicht ›anmachen‹ – verführen! Ich möchte auch einmal geführt werden.« Er streichelte, küßte sie, sein Mund kam wieder hinauf zu ihren Mundlippen. »War es schön?« – »Ja.« – »Zu kurz, nicht?« Gottfrieds Frage »Hat es geklappt?« hatte sie jedesmal gestört. Am Morgen sagte Jürgen: Mir ist schwindlig, der

Heinz, mein Arbeitskollege, denkt schon, ich hätte getrunken. Du schläfst zu wenig, sagte sie. »Bei dir schlafe ich besonders gut. Ich kann gar nicht genug kriegen vom Schlaf.« – »Schlaf ist das Schönste für dich, nicht?« – »Fast das Schönste!« Es gefiel ihr, jeden Morgen um sechs mit ihm aufzustehen, ihn zärtlich und mit Küssen zu wecken. Von acht bis zwölf waren die Kinder im Kindergarten, es war ihre Frist zum unabgelenkten Schreiben. Sie war zu Jürgen jetzt zärtlicher als zu den Kindern. »Verwöhne mich nicht zu sehr, ich gewöhne mich sonst und kann mich nicht wieder entwöhnen.« Jürgen war zehn Jahre jünger als sie, sogar ihre Freunde hielten sich hinter ihrem Rücken darüber auf. Sie wurde fast täglich auf den Altersunterschied angesprochen. Die sich noch kaum der Jugend entwachsen fühlte, ängstigte sich plötzlich vor dem Alter, nickte, wenn jemand sie auf dreiundzwanzig oder siebenundzwanzig schätzte. Sie erwartete, daß Jürgen ihren Kindern Vater würde, und glaubte, es doch nicht erwarten zu dürfen. Er war neunzehn, Hans war siebenunddreißig gewesen. Sie hatte mit Hans zugleich die Hoffnung auf einen väterlichen Mann aufgegeben, die Kindersehnsucht, von einem Mann umsorgt zu werden. Sie fürchtete, Jürgens Unfreundlichkeit gegen die Kinder könnte einmal ihre Beziehung von innen aushöhlen. »Ich hätte die Kinder am liebsten verkauft heute, weil du so barsch mit ihnen bist.« – »War ich gestern abend so schlimm?« – »Ich weiß nicht.« – »Ich war doch nur müde. Normalerweise sage ich in dem Zustand nur noch: Leckt mich alle am Arsch, und schlage die Tür hinter mir zu.« – »Aber das tut man doch nur in der Familie, die man satt hat?« Sie lagen in der Umarmung, er fragte: Hast du wirklich einen Koten an die

Erde gemacht? »Bist du wahnsinnig? Ich habe doch noch nicht im Gefängnis gesessen. Meinst du, niemand hätte gemerkt, wenn ich drei Kinder gehabt hätte, und plötzlich nur noch zwei dagewesen wären?« – »Es könnte ganz klein gewesen sein.« Sie hatte ein Kind »weggemacht«. Jetzt lag sie in den Armen Jürgens. Ich kann wieder lieben! Das Rinnen des Spermas an den Beinen entlang, am nächsten Morgen, Spermaflecken auf dem Bettuch störten sie nicht mehr. Mit Kernseife ausschrubben, hatte Gerhards Mutter gesagt. Er spritzt mich voll, und nichts ist gewesen, sagte Bertha. Jürgen spritzte sie nicht nur voll. Ihre Revolte gegen den Satz des Vaters »Das Sexuelle ist doch nicht so wichtig, Kind« war an einem Ziel angekommen. »Das Gefühl, du könntest mein Mann sein, du bist mein Mann!« Sie hatte Ärger mit ihm, aber sie wollte kämpfen, er machte ihr nichts vor, wie Hans in zuckersüßen Sätzen. Seine brutalen Sätze gegen die Kinder verletzten sie, legten ihre Reserven frei, für ihre Kinder zu kämpfen. »Sie gehören zu mir. Liebst du sie nicht, liebst du auch mich nicht.« – »Ich brauche Zeit, ich kann nicht in vier Wochen der vollkommene Papa sein.« Hans hatte sich, obwohl noch verheiratet und Vater dreier Töchter, zum Vater von Niels, den sie immer mitgenommen zu ihren Rendezvous, aufgeschwungen, hatte alles versprochen, nichts gehalten. Jürgen verlor sich nicht in Zukunftsversprechungen, stellte sich in seinem gegenwärtigen Zustand dar, war schwach in seiner Sucht, in einem Kern stark, eigenständig. Er bettelte nicht, erpreßte nicht wie Hans: Wenn du mich liebst, dann kommst du sofort zu mir.

In der Diskothek trank er kräftig. Sie tanzte und suchte ihn mit den Blicken. Sie fand ihn auf einem Stuhl am

Rand der Tanzfläche. Er schlief zusammengesunken, sie setzte sich auf einen zweiten Hocker hinter ihm, legte seinen Kopf auf ihre Knie. Plötzlich hörte die Musik auf, es mußte fünf Uhr sein. Einer der Kower kam auf Anna zu, wollte Jürgen gewaltsam wecken und hochreißen. »Laß die Finger weg von dem Mann. Den kann ich schon selber wecken!« Sie kannte nicht die Härte der Diskothekenangestellten, die, wie Jürgen später erzählte, sich oft in gewalttätige Rausschmeißer unangenehmer Leute verwandelten. Der Dicke ließ nicht ab von Jürgen, wollte ihn unbedingt wecken. »Wir schließen!« Dabei standen noch mindestens dreißig Leute herum. Anna sagte wieder: Laß die Finger von dem Mann! Der Dicke sagte: Ich hole Wasser! Er fing an, Anna zu beschimpfen: Du geile Frau! Anna stand auf, knallte ihm fünf Ohrfeigen, blitzschnell, links und rechts. Jürgen erwachte darüber. Ein anderer Kower war dazugekommen. Anna erklärte ihm, sie verstünde, daß sie Arbeitsschluß haben wollten. Den Mann könne sie selber wecken. Jürgen schaute schlaftrunken. Der Kower hatte ihr einmal gesagt, diese Arbeit sei wie jede andere in der Fabrik, von der Musik habe er gar nichts. Jürgen war wach, sie gingen hinaus, der Dicke stand wie ein begossener Pudel. Jürgen ließ den Wagen an, Anna erzählte, wie der Dicke sie beschimpft habe. Der Dicke war ihnen nachgegangen, stand vor der Diskothek, schrieb sich vielleicht die Autonummer auf. Wie Anna Jürgen erzählte, was der Dicke ihr an den Kopf geworfen, riß Jürgen das Steuer herum, fuhr auf den Dicken zu, als wolle er ihn überfahren, wollte ihn jedoch nur erschrecken, machte einen scharfen Schlenker, sie fuhren nach Haus. Als sie am Samstag darauf in der Diskothek tanzten und tranken, kam der Geschäftsführer auf Anna zu, sagte: Trink dein Glas noch aus und dann geh! Anna hatte Hausverbot für ein halbes Jahr, Jürgen erkannten sie nicht wieder. »Weil ich einen schlafenden Mann verteidigt habe?« – »Sie sind verantwortlich für die Aktion mit dem Auto, das ist versuchte Körperverletzung. Sie saßen auf dem Beifahrersitz.« Sie wunderte sich, sie hatten Jürgens Autonummer. Sie begriff, *ihr* wollten sie einen Denkzettel geben. Sie hatte oft ekstatisch getanzt, schicker hatte sie sich die Bluse hochgebunden, der Dicke hatte sie mehrfach belästigt, sie ihn abgewiesen.

Am nächsten Wochenende bat Anna Jürgen, mit ihr und den Kindern spazierenzugehn, sie könnten nicht immer den Sonntag verschlafen und die Kinder vernachlässigen. Sie fuhren zum Waldfriedhof. Ein Park, ein großer Garten, ein Wald mit Gräbern unter den Bäumen, auf dem Friedhofsabfallplatz grüne Kränze, wie mit Grünspan bedeckte Gummireifen. Entblättert von Tannengrün, starrten sie aus abgelagerten Nadelzweigen. Anna und Jürgen erforschten die Umgebung des Friedhofs, einsame schmale Straßen, hier und dort ein stiller Kotten. Sie fanden den Weg nicht zurück, stießen auf ein Flüßchen, die Ems, sagte Jürgen. Ein Grundwehr, sie sahen Angler, kletterten über Zäune, landeten schließlich in Westbevern, kehrten erschöpft in einer Gaststätte ein. Sie sprachen drei junge Leute an, die brachten sie zurück zum Friedhof. Sie gingen, obwohl es dunkelte, noch einmal über den Friedhof, konnten die Schriften auf den Grabsteinen nur noch erkennen, wenn sie sich nah hinzu bückten. Auf vielen Gräbern rote Lämpchen angezündet, Niels fragte: Mama, wozu sind die roten Lampen? Anna sagte: Damit wir glauben, die Toten leben noch. Schneebedeckte Gräber in der Dunkelheit, der Himmel ohne Mond, ohne Sterne, verhangen und diesig. Sie verirrten sich noch einmal, diesmal auf dem Friedhofsgelände. Anna dachte, sie müßten nun die ganze Nacht auf dem Friedhof verbringen. Überall Bäume und Gräber und Wege, einander zum Verwechseln ähnlich. Das Stück mit den Soldatengräbern lag vor ihnen, sie hatten es am Nachmittag gesehen. Den Spruch auf dem Soldatendenkmal erkannten sie nicht mehr: mortui docent vivos. Sie kamen an Kindergräbern vorbei, die sie nachmittags flüchtig gesehen hatten. Anna beugte sich zu den Inschriften, konnte im Schein der roten Lämpchen nur die dick und deutlich eingravierten erkennen. »Unser liebes Engelchen« auf dem einen, auf dem andern »Iris und Barbara Düsterhöft«, Anna rief: Zwillinge sind hier begraben. Auf manchem Grabstein nur ein einziges Datum, Datum der Geburt und des Todestages zugleich. An solchen Orten habe ich früher die Trips geschluckt, sagte Jürgen. »Einmal ist mir auf dem Trip das Fleisch von den Knochen gefallen, die andern mußten mich festhalten, ich schrie: Ich sterbe.« Sie gerieten wieder an Flußarme der Ems, keine Brücke über den Fluß. Lethefluß des Vergessens, sagte Anna, er trennt das Land der Lebenden von dem der Toten. Jürgen trug Niels auf den Schultern, Anna tröstete Rosemarie: wir werden schon herausfinden. Als sie ging und suchte, überfiel sie wieder die Erinnerung an die Absaugung, wie eine fixe Idee. Es ging nicht um Tötung, es ging um Trennung, eine Abtreibung ist eine Trennung, mein Leben ist eine Abfolge von Trennungen.

Ich möchte mit dir zusammenwachsen, sagte Jürgen, als die Kinder schliefen und sie, müde von der Wanderung, ins Bett fielen. Er wisse, welche wollüstigen Laute er beim Einschlafen und im Schlaf von sich gebe, ein Kamerad, bei dem er übernachtet, habe sie ihm einmal nachgeahmt. »Das Schöne ist vorbei.« Nach der Liebe hatte er wieder Schwindelanfälle, er hatte sich bei der Arbeit im Klinikum überanstrengt. Jürgen schlief, Anna lag wach, horchte auf die Stille im Mietshaus. Jetzt schliefen sie alle, das freundliche alte Paar und das giftige alte Paar. Die Köttels nannte sie »das Giftzwergenehepaar«, seit Gerhards Auszug vor zwei Jahren versuchten sie, Anna kleinzukriegen mit tagtäglichen Giftigkeiten. Die alte Dame, putz- und quälsüchtig, pflegte mehrmals täglich an der Tür zu klingeln, die Treppe sei noch nicht geputzt. Der Alte pflanzte sich auf der Treppe vor ihr auf: Ich habe gestern einen nackten Mann an Ihrem Fenster gesehen. Das »Giftzwergenehepaar« war die Geheimpolizei des Mietshauses, stand hinter Gardinen und beobachtete jeden Schritt Annas. Die Karikatur eines alten Paares. Der Alte stand unter der Herrschaft seiner Frau, mußte seine Zigarre auf dem Balkon oder vor der Haustür rauchen, ging ihr nach mit tapsigen Schritten. Ihr Lebensinhalt war das Bespitzeln der Hausbewohner, das Erraten, Ausdeuten der geheimen Beziehungen der jüngeren Hausbewohner, ihr bevorzugtes Quälobjekt Anna. Anna reagierte auf alles, »zog sich jeden Schuh an«, wie Jürgen sagte. »Laß die alte Pfanne, die ist doch längst scheintot. Denen rieselt doch der Kalk schon aus der Hose.« Als sie Anfang 1975 eingezogen war, hatte Anna die Frau noch freundlich behandelt, ihr einmal Blumen geschickt, ihre Redesucht ertragen, mit ihr auf der Treppe gesprochen, sich angehört, daß die Alte einmal ein Kind erwartet, aber eine Fehlgeburt erlitten hatte. Nun grüßten sie sich nicht

mehr. Einmal hatte Anna sich gewehrt, sie angeschrien: Kümmern Sie sich um leidende Menschen, in dieser Stadt gibt es genug, statt Ihrer krankhaften Klatsch- und Putzsucht zu frönen. Die Alte hatte sie beschimpft: Ach Sie, Sie gehören in die Sonnenstraße! Die Sonnenstraße, das war eine alte Hurenstraße der Stadt. Das andere alte Paar, unverheiratet seit 1945 der Witwenrente wegen, genoß seinen Lebensabend. Sie gingen viel spazieren, waren freundlich und offen, bespitzelten niemand, genügten sich selbst. Die Frau umarmte Anna einmal an der Haustür, fragte dies und jenes, aber nicht aufdringlich.
Am nächsten Sonntag aßen sie in der Küche Reis mit Seelachs, Gurkensalat mit Staudensellerie, Zitronensoße zum Fisch. Anna gab sich eine Mühe, die sie für Gerhard nie aufgebracht hatte. Sie buk Mohnkuchen, Jürgen lag in der Badewanne, ruhte sich aus von der Arbeitswoche. Für den Nachmittag hatten sie den Kindern einen Ausflug versprochen, sie fuhren zum Venner Moor. Der Wald und das Moor düster unter hellem Himmel, sie gingen unbequeme Wege. Jürgen sagte: Diese Wege sind wenigstens nicht langweilig. »Hier möchte ich begraben sein, hier hätte ich meine Ruhe.« Es war still, kein Laut, kein Mensch. »Wenn einer hier einen Menschen verscharrte, niemand würde ihn finden.« Stümpfe abgestorbener Bäume ragten aus einem unter Wasser stehenden Moorboden, der Himmel pastellfarben düster, es regnete sacht. Sie sprachen wie zum Spaß davon, die Kinder im Moor zu versenken. Anna erzählte von Moorleichen, bestraften Ehebrecherinnen. Jürgen sprang mit beiden Beinen hoch, hüpfte auf dem weichen Moorboden, sie spürten den Moorboden wanken und zittern im Umkreis seiner hüpfenden Füße. »Der Boden ist weicher als Wald-

boden.« Jürgen ging in ein überwachsenes Stück Moor, balancierte von Grasbüschel zu Grasbüschel. Die Kinder hatten Angst um ihn. Sie gingen an einem Rhododendronpark vorüber, eingezäunt mit Stacheldraht, Jürgen sagte: Im Frühjahr wird er blühen. »Im Frühjahr kann man sich hier gut eine Linse reintun. Du siehst die Farben der rot-bläulich blühenden Rhododendronbüsche dann zehnmal intensiver.« Anna sagte: deine Drogenorte. »Ich habe doch gar kein Verlangen mehr. Du weißt, daß ich seit Monaten kein LSD mehr genommen habe.« Rosemarie verlor einen Schuh im Moorschlamm der Wege, sie weinte, bemühte sich, ihn mit dem Fuß allein herauszuziehen. Niels tippelte wie das Sandmännchen im Fernsehen neben ihnen. Drei »Freaks« mit langen Haaren kamen ihnen entgegen. Die ziehen sich einen durch, sagte Jürgen. Er hatte einen Röntgenblick, sah an Gesichtsausdrücken, Gang und wenigen Gesten, daß jemand Haschisch rauchte, auf Pille war, drückte.

Am Abend, als die Kinder schliefen, stellten sie die Klingel ab, ließen das Licht im Flur an, damit die Kinder sich auf dem Weg zur Toilette zurechtfänden, schlossen ab, fuhren zu Bobbe. Er gab eine Fete. Die halbe Rauschgiftscene bei ihm versammelt, düstre blasse Typen. Bobbe hatte sich gleich nach Silvester an Anna angehängt, sie waren bald miteinander vertraut wie Bruder und Schwester. Als Anna noch zwischen Gottfried und Jürgen stand, hatte Bobbe geglaubt, er könne sie zu sich herüberziehen. »Mit dem Jürgen, das ist auch bald zu Ende.« Die Anlage lief auf vollen Touren, die Männer rauchten die Pfeife, tranken Pernod-Cola. Gegen zwei wollte er mit dem Taxi nach Haus, Anna war leichtsinnig: Komm, die paar Meter kannst du doch fahren. Sie wurden von den Bullen angehalten, Jürgen sollte ein Stopschild überfahren haben. Er mußte ins Röhrchen pusten, sollte mit auf die Wache zur Blutprobe. Die Polizisten behandelten sie wie Verbrecher, wollten Anna nicht mitnehmen zur Wache, sie solle sich ein Taxi nehmen. Anna wollte nicht auf der nächtlichen Straße zurückbleiben: Ich fahre mit! »Wenn ein Unfall passiert – wir können Sie nicht mitnehmen.« Anna stieg einfach in den Polizeiwagen, die Polizisten wollten sie hinauswerfen, machten Anstalten, sie gewaltsam aus dem Auto zu zerren. »Ich bleibe bei meinem Freund.« Eine knappe halbe Stunde redeten die Polizisten auf sie ein, sie hatte nur den Wunsch, bei Jürgen zu bleiben. »Wenn Sie mich anfassen, verklage ich Sie wegen Körperverletzung.« – »Wir werden Sie wegen Hausfriedensbruch verklagen!« Jetzt nicht weggehen müssen, allein auf der Straße, allein ins Bett gehen, warten auf Jürgens Rückkehr! Wieder die Angst, verlassen zu sein. Wie in der Halle während des Konzerts der »Chicago«, als Jürgen gesagt: Gib mir die Hand! Gib mir die Hand, hatte sie geschrien im Krankenhaus, nachdem Hans sie verlassen hatte. Die Polizisten gaben auf, nicht ohne vorher noch Drohungen auszustoßen. Sie sind im Recht, dachte sie, Jürgen hätte als »Alkoholgeschädigter« am Steuer ja genauso gut ein Kind »an die Erde machen« können (nachts liefen keine Kinder über die Straße). Auf der Wache Fragen, Schreibmaschinen, Papierkram. Jürgen sagte laut: Alle Beamten sind Schmarotzer. Die Polizisten drohten, sie hätten alles auf Band, er werde eine Beleidigungsklage bekommen. »Er sagt jeden Morgen, die Beamten sind Schmarotzer, oder sind wir in der DDR, daß er seine Meinung nicht sagen kann?« Sie fragten nach seinem »Rauschmittelkonsum«, er sagte: Damit habe ich nichts mehr zu tun. »Ich weiß, daß Sie sich erkundigt haben. Meine Geldstrafe wegen Haschischbesitzes habe ich bezahlt.« Der Arzt, der die Blutprobe vornahm, alt, ruhig, Annas Zittern am ganzen Körper von Müdigkeit, Betrunkensein und Aufregung schwand. Die Bullen fragten den Doktor: Sind Einstiche an den Armen? Er sagte: nein. Anna fühlte sich wie verschworen mit Jürgen verbunden, fühlte sich schuldig, daß sie ihm das Taxi ausgeredet. Sie sah ihn, wie an der Hand des Arztes, Schritt vor Schritt gehen, er mußte sich mehrmals um sich selbst drehen, der Arzt prüfte seine Augenreflexe. Er log, er habe nur ein Glas Pernod getrunken, sie fragten, wann er zuletzt gegessen, auch Haschisch würden sie im Blut feststellen. Sie gingen zu Fuß nach Haus. »Den Führerschein kann ich vergessen.«

Zum Karneval nach Köln konnte er nicht mit dem Auto fahren, sie fuhren mit Hermann und Martha, Hermann am Steuer. Am Morgen, Jürgen hatte arbeitsfrei, liebten sie einander, er hatte wieder Schwindelanfälle. »Am Anfang dachte ich oft, du hast kein Verlangen, du liebst mich nur widerstrebend.« – »Ja, das war auch so. Ich bin eben kein Draufgänger.« Die Kinder kehrten aus dem Kindergarten wieder, Aufbruchsstimmung, Niels zog sein Piratenkostüm an, Rosemarie ihren Dornröschenumhang, die Anna ihnen geschneidert hatte. Hermann stand in der Tür, es könne losgehen. Hermann zeigte auf eine Autobahnbrücke, auf der Leute standen und winkten, die Selbstmordbrücke, sagte er, aber jetzt haben sie Gitter angebracht. Anna feierte zum ersten Mal wirklich Karneval, konnte die Lust der feiernden Narren nachvollziehen, stand nicht am Rand, wie in früheren Jahren, traurige Zuschauerin, die das Ausgelassensein der Menschen als künstlich, unehrlich, gespielt gedeutet hatte. Sie war beteiligt, feierte, schunkelte mit den andern. De Mama kriegt schon wieder 'ne Kind, sangen die Leute. Hermann und Martha mit ihrer Tochter Inge, Jürgen und Anna mit Rosemarie und Niels standen zwischen den Narren am Neumarkt, sahen die Fiedelszüch vorbeiziehen. Anna wurde sehr rasch von Korn, Jägermeister und Weinbrand betrunken, hatte noch nicht zu Mittag gegessen. Die Kinder wollten hochgehoben werden, um besser zu sehen, Niels saß auf Jürgens Schultern. Anna trank schnell, nur nicht traurig sein, nicht traurig sein. Sie holte ihren Lippenstift aus der Tasche, ging zwischen die Leute, fragte, ob sie sie anmalen dürfe, malte hier einem Herzen auf die Wangen, einem andern Blumen und Sterne auf Stirn und Wangen, einem alten Mann, auch er verkleidet, Herzen in die faltige Haut, einen roten Punkt auf die lächelnde Stirn. Die Umgebung verschwamm, sie fühlte sich mit sich ganz allein, sagte, sie müsse zur Toilette, dort hinten in der Unterführung. Sie stolperte fort, konnte sich kaum orientieren. In der Unterführung an einem Kiosk vorbei, sie gab der Toilettenfrau dreißig Pfennig. Erschöpft lehnte sie an der Wand in den Gängen, von fern »De Mama kriegt schon wieder 'ne Kind« und »Ein Feldbett im Kornfeld«. Wie sie zurücktaumelte, sagte Jürgen: Laß uns gehn, Anna! Er nahm die Kinder bei den Händen, zog sie zur Straßenbahn, Hermann und Martha wollten noch bleiben. Sie fuhren zu einem Freund Annas, sie würden sich bei ihm ausruhen. Anna war übel, sie kriegte keine Luft mehr in der von Narren überfüllten Bahn, es war ihr eng, als stieße sie mit der Stirn an den Himmel. Der Kölner gab ihnen ein Bett in seinem Arbeitszimmer, seine Frau wollte auf die Kinder achtgeben, sie konnten sich ganz zurückziehen. Es dunkelte, Anna hörte die Geräusche der Stadt wie von fern, fühlte sich, im Arm Jürgens, wie allein auf der Welt mit ihm, dieses eine Liebespaar aus der traubenartigen Menge. Mit Gerhard hatte sie, zehn Jahre vorher, Karneval gefeiert in einem Pfarrhaus, ein kindliches Fest, das Bild von ihm, wie er Tabakpfeife rauchte, gleichsam festgefroren in ihrer Erinnerung, sie dachte an den Zustand der Erwartung damals. Nun lag sie im Arbeitszimmer eines Blutforschers mit Jürgen, dachte an Jürgens Brüderchen, gestorben an Leukämie. Auf derselben Liege hat mein Freund aus Ostberlin, der »Selbstmordforscher«, geschlafen, hatte der Kölner gesagt. Der Kölner weckte sie um halb neun, seine Frau hatte die Kinder zu Bett gebracht. Anna tauchte auf aus dem satten Schlaf, ihr Engegefühl war gewichen. Der Kölner brachte sie zu einem privaten Karnevalsfest, er wollte nicht teilnehmen, hatte von Weiberfasnacht an Tag und Nacht gefeiert, war erschöpft. Anna und Jürgen wurden freundlich aufgenommen bei den Leuten, Hermann und Martha waren auch gekommen. Jürgen war müde, tanzte wenig, aß vom frischen Brotlaib und Mett, trank Bier. Anna trank mehrere Flaschen Mineralwasser leer, jeder Anblick von Alkohol verursachte ihr Brechreiz. Gegen zwei Uhr zerbröckelte die Stimmung, rotbärtige Studenten spielten Sauf- und Liebeslieder auf der Gitarre, sie brachen auf. Sie klingelten den Kölner aus dem Schlaf, zogen die schlaftrunkenen Kinder an, die Autobahn leer, sie waren schnell zu Haus.

Am nächsten Morgen gingen sie mit den Kindern in die Stadt, sahen, einen Tag vor Aschermittwoch, allgemeine

Verbrüderung, Verschwisterung auf den Straßen. Sie trafen Martha, die Kinder fuhren mit ihr und Inge in die nahen Baumberge, würden über Nacht bei Inge schlafen, Jürgen und Anna hatten den Abend für sich. Sie gingen in eine Kneipe der Altstadt, es war brechend voll, eine Bombenstimmung. Der Frühling kündigte sich an, alle bösen Geister sollten vertrieben werden. Anna tanzte, flirtete mit jungen Männern, sie fand eine Lust darin, Blicke zu tauschen, begehrliche Aufmerksamkeit auf sich zu ziehen. Sie suchte sich Männer aus, früher hatte sie gewartet, daß ein Mann sie auffordere. Ein junger Italiener wollte sie küssen, es herrschte eine Aufgelöstheit, die zu Küssen hinriß. Jürgen war böse: Du kennst keine Grenze. »Ich bin froh, daß ich überhaupt lustig sein kann, das bedeutet doch nichts!« – »Aber für die Männer bedeutet es etwas!« Sie vertrugen sich wieder, gingen singend nach Haus. Aßen Kohlsalat mit rotem Paprika, Hühnersuppe mit Reis, die Anna am Morgen aufgesetzt, dazu Rotwein mit Kirschsaft. Jürgen sagte: Ich bin richtig breit vom Essen. Jürgen hatte Luftschlangen für die Kinder gesammelt, das Kinderzimmer voller Luftschlangen. Bertha am Telefon: Ist es doch ernst mit Jürgen? Anna sagte: ja. Sie wußte nicht, ob es morgen zu Ende wäre, oder ein Jahr, zwei Jahre, zwanzig Jahre dauern könnte. Am Aschermittwoch frühmorgens um sechs schrillte der Wecker, Anna weckte Jürgen mit Küssen, sagte: Dornröschen ist ein schönes Kind. »Siehst du das Bild vom Dornröschen über dem Bett hängen?« Jürgen hatte es nicht bemerkt. »Dornröschen, das bin ich.« – »Meine Mutter ist, glaube ich, frigide. Sie sagt, das Sexuelle sei nicht so wichtig.« Anna dachte an Karneval. Dieses irre Getobe, dieses bunte Geflirre und Geflattere, hatte der Kölner gesagt. Anna war froh, daß die Arbeit wieder begann, sie brauchte den Wechsel von Feiern und Arbeit. »Du warst wunderbar in den letzten Tagen. Die liebevollen Gesten: wie du für Niels und Rosemarie Luftschlangen gesammelt hast.« Sie saßen am Frühstückstisch, Jürgen konnte, wie oft am Morgen, nichts essen, erbrach sich im Bad, rauchte trotzdem eine Zigarette. Trank heißen Tee, packte Butterbrote und Thermosflasche ein. Jürgen in blauer Arbeitskleidung, das frühmorgendliche Aufstehen beruhigten Anna, gaben ihr Halt. »Du kannst dir die Arbeit einteilen.« – »Niemand sagt mir, was ich tun soll.« – »Wie wäre ich froh, wenn mir kein Mensch Befehle gäbe, was ich zu tun hätte!« Sie liebte die morgendliche Zärtlichkeit mit Jürgen. Gerhard hatte sie gequält mit ihrem morgendlichen mundfaulen Mürrischsein. Jürgen hatte noch zehn Minuten Zeit, sie unterhielten sich, Anna gingen Karnevalslieder durch den Sinn. Ein Feldbett im Kornfeld, ein Korn im Feldbett, sie lachten beide. »Ein Bett im Kornfeld ist schön.« – »Da mußt du aufpassen, daß der Mähdrescher dich nicht niedermäht.« – »Man weiß doch, wann geerntet wird.« – »Aber doch nicht genau auf den Tag. Ich hab mit Gottfried gezeltet, eine Kiste ins nahe Kornfeld gestellt. Am nächsten Morgen sind wir aufgewacht, sahen den Mähdrescher im Korn. Rasch bin ich hingegangen, Gottfried kam schlaftrunken aus dem Zelt.«

Die Lust des Lebens, des Feierns lernte sie mit Jürgen kennen. Früher hatte sie sich keinen Feierabend gegönnt, Werktag und Sonntag nur Arbeit. Jürgen hatte die Zäsur zwischen Arbeit und Feierabend tagtäglich, Anna hielt sich daran, fing an sich Ruhepausen zu erlauben. Die Vergangenheit schien zu schlummern unter einer dünnen

Decke des Vergessens. Jürgen sagte: Den Hans möchte ich kennenlernen, den mußt du mal einladen, wir machen ihn schon fertig. Sie erzählte oft von Hans, wie sie ihn hasse, wie sie zusammenschrecke bei gewissen Ähnlichkeiten. »Zwischen Hans und mir? Diesem Schwein, wie du sagst, bin ich ähnlich?« – »Dein Körper ist so mondig, weich und üppig wie der seine. Dein Gang, deine Gesten, Laute von dir wie die seinen.« – »Vergleich mich nicht immer mit diesem Kerl.« – »Ich vergleiche dich nicht. Es sind nur die Erinnerungen.« Hatte Bertha nicht neulich gesagt: Du kannst nicht lieben, du verläßt immer wieder einen Menschen, überlegst nicht, was aus denen wird, die du zurückläßt? Einmal wollte sie dableiben. Sie ekelte sich nicht mehr vor dem beherrschenden Geschlecht des Mannes. Nun war sie glücklich, küßte Jürgens Geschlecht, an dem noch Uringeruch war vom letzten Wasserlassen, und es störte sie nicht. Der Kölner hatte zu ihr gesagt: Du machst Menschen gesund, du hast Gottfried gerettet! Sie fragte dennoch: Wie komme ich aus mir heraus? Wie komme ich vom Selbstbildnis zum Beschreiben des andern? In der Kindheit, in der Hebammenausbildung hatte sie gelernt, sich für andere aufzuopfern, sich selbst zurückzustellen, nun fühlte sie sich schuldig, weil sie sich mit sich selbst beschäftigte. Jürgen saß in der Badewanne, sagte: Wenn ich Krebs hätte, würde ich nur noch machen, was ich will, würde nicht mehr arbeiten gehen, stell dir vor, du hast nur noch fünf Jahre zu leben! Er war kein Selbstmörder, obwohl jeder ein heimlicher möglicher Selbstmörder ist. Er schien »das Leben« zu verkörpern, selbst in seiner Sucht, mit Selbstmord wollte er nichts zu tun haben. Hätte nur den Kopf geschüttelt, wenn sie ihm gesagt hätte: Sucht ist ein Selbstmord auf

Raten. »Du mit deinen Erklärungen.« Sie standen auf dem Flur, umarmten einander, glückliche Kinder, sie sagte: Schön, daß du kein Selbstmörder bist. *Manische Personen überfüllen ihre Zeit mit unzusammenhängenden Tätigkeiten, stürzen sich heftig in Hobbys, sexuelle Affären oder Geschäftsangelegenheiten, um sie dann alle abrupt mit einem eindrücklichen plötzlichen Verlust an Interesse fallen zu lassen.* Jürgen regte sich auf, Anna finde für alles immer Erklärungen, frage ständig Warum, analysiere alle Menschen. »Du bohrst in mir, ich mag das nicht, wenn man in mir bohrt!« – »Das ist nun einmal mein Beruf. Ich will in die Menschen eindringen, in sie kriechen.« – »Aber ich will nicht, daß du in mir bohrst!« Eines Abends las sie ihm ein Stück aus einer Geschichte vor, in der sie ihn beschrieb, sein Verhalten gegen die Kinder. Er regte sich auf, sie schlachtete ihn aus, Anna weinte. Versuchte ihm zu erklären, wie die Maler auch ihre Geliebten und Frauen zu Modellen nähmen und niemand sich daran stoße. »Wenn du schon über mich schreibst, dann etwas Gutes.« Ich will die Lebendigkeit eines Menschen, seine Ecken und Kanten in den Nischen der Tage und Nächte, sagte sie, kein geschöntes Bild.

Er badete nach der Arbeit, wie immer, hatte staubig, schmutzig, erschöpft in blauer Arbeitskleidung in der Tür gestanden, ihr einen Kuß gegeben, hatte einen »Wolfshunger«. Das Essen war bereit: Kartoffelklöße und Rindsgulasch, Rettichsalat und Milch, er sagte: Es hat gut geschmeckt! Sie fühlte sich wohl, wie er in der Badewanne müßiggängerisch saß, sie wusch ab, brachte die Kinder zu Bett, saß am Küchentisch, sah das Licht durch das Glas zwischen Küche und Badezimmer scheinen, las in einer Zeitung, einem Buch, schrieb, dachte nach. Er saß in einem weißen Berg von Schaum, sein dunkles, von Arbeitsstaub rauhes Haar darüber, sie spielte mit dem Schaum, streichelte das dunkle Beinhaar seiner ausgestreckten Beine. Sie redeten über Homosexualität, über Alice Schwarzer, er nannte die radikalen Frauen »alte Pfannen«, wurde ungeduldig: Denkst du, nur Männer können Schweine sein? »Hat dir schon einmal irgendeine Frau irgend etwas angetan?« – »Ja! Aber darüber rede ich nicht.« Annas Gesicht verschloß sich. »Bist du eingeschnappt?« Sie war traurig. »Ich werde es dir später erzählen.« Es klingelte, Bertha stand an der Tür. Im Wohnzimmer tranken sie zu dritt Wacholderkorn mit Orangensaft, rauchten, redeten. Ob die Verlobung mit Gottfried gelöst sei, Anna nickte. Sie sprachen über Beständigkeit, vor zwei Monaten habe Anna mit ihr, Bertha, im Botanischen Garten über Gottfried gesprochen: Einmal muß man ja beständig sein. Nun wiederhole sie den Satz. Anna sagte, sie fürchte sich vor dem Ende der Liebe, vor zu rasch aufeinanderfolgenden Abbrüchen. Jürgen erzählte von der Arbeit, wie er im Klinikum Kabelrinnen lege, von der Unfähigkeit der Kollegen sich zu einigen, der Chef beabsichtige Akkord einzuführen, prüfe das tägliche Pensum. »Manche arbeiten sich tot.« In der Nacht küßte sie sein samennasses Geschlecht, seine Oberschenkel innen. Nach der Liebe Atemnot, er sagte, von der Arbeit, er müsse beim Bohren im Klinikum entweder die Luft anhalten, dann sei ihm heiß und übel, oder den widerlichen Staub schlucken, der sich in Poren und Lunge setze. Anna lag auf ihm, hörte ihm schweigend zu, fragte nicht, versuchte sein Herz zu massieren, sagte: Atme ruhig und lang aus. Er drückte sie an sich. »Durch dich hat mein Leben einen Sinn bekommen!«

Verliebte, Glückliche waren veränderte Menschen, ihre Gesichter leuchteten von innen. Die erste Zeit mit Gerhard, sie waren schwimmen gegangen ins Hallenbad, jeder hatte zum ersten Mal den andern in der halben Nacktheit der Badenden gesehen. Anna hatte am Schwimmbecken einen früheren Klassenkameraden getroffen, er sah sie entgeistert an: Anna, ich wußte gar nicht, daß du so schön bist! Nun suchte sie im dunklen Schlafraum das Gesicht Jürgens, fragte: Bin ich dir auch nicht zu schwer? Er berührte ihr Haar, küßte es, sagte »Haarkuß«, den kleinen Niels zitierend, der öfters der Mutter Haar küßte und dabei zärtlich »Haarkuß« sagte. Ob sie die leidenschaftliche Erregung bewahren könnten? Ob Wiederholung und Erregung einander ausschlossen?

Anna war gespalten, untersuchte alles, was mit ihr selbst geschah, wie ein Kind russische Puppen auseinandernimmt. War Erlebende, zugleich, mitten im Erleben, kühle Beobachterin ihrer selbst und der andern. Sie fraß sich, schreibend, selber auf, eine Kannibalin, wendete und drehte jeden Eindruck, nichts geschah einfach so, sie zerstreute sich nie, fing selbst in den Zerstreuungen Sätze auf, ihr Gehirn protokollierte die Eindrücke ohne Erinnerungspause. Sie war wie Bobbe, ruhelos, getrieben, zerstörerisch, ein Kind, das seine liebsten Spielzeuge zerbricht, zerstückelt. Bobbe hatte Jahre seines Lebens, Anna sechs Monate siebenjährig nach der Flucht mit den Eltern im Waisenhaus verbracht. Bobbe war im Heim erzogen, seine Mutter, von den Ärzten als schizophren eingestuft, hatte Selbstmordversuche unternommen. Er stand auf Bewährung bis 1979, hatte oft »in der Kiste gesessen«, wegen Körperverletzung, wegen zahlloser

Einbrüche. Er holte sich in den Supermärkten und anderswo, was er nicht bekommen hatte. Er stahl Sachen – Menschen und Liebe konnte er nicht stehlen. Menschen nahm er für sich ein, bat um Geld, besetzte ihre Zeit. Er führte seine Bewährungshelferin, eine ruhige, mütterliche, kinderlose Frau, an der Nase herum. Brauste schnell auf, schlug schnell zu, dabei sah er mächtig, aber doch zart aus, schön, hochgewachsen, breit, mit kräftigen Händen. Die Freaks nannten ihn »Bobbe, den Holzfäller«, obwohl er selten Bäume gefällt, meistens Holz verladen hatte, jetzt arbeitete er im Tief- und Teerbau, aber wie lange. Er wechselte oft die Wohnungen, die Arbeit, wurde gekündigt, wenn er die Geduld des Arbeitgebers zu sehr durch »Bummeln« strapazierte. Er hatte blondes, glattes Haar, halblang hing es, die Wangen umrahmend, bis zu den Schlüsselbeinen. War unberechenbar, eine harmlose Bemerkung, und er fühlte sich angesprochen, verarscht, schlug ein Gesicht blutig. Bobbes Freundin Elke kellnerte neben der Fachschule, war zerbrechlich, zierlich, mit den Brüsten eines heranwachsenden Mädchens, ihre Bewegungen gehemmt, die Schultern zusammengezogen, als müßte sie jederzeit einen Angriff abwehren. Bobbe schlug sie manchmal, er hatte »Minderwertigkeitsgefühle«, weil sie »etwas Besseres« war, er ging gewalttätig mit ihr um, wie mit einem Hund, der kuschen sollte. Sie brauchte nur einen Fremden anzusehen, schon faßte er es als Untreue auf, schimpfte sie »Hure«, erzählte die schlimmsten Geschichten, wie sie mit Männern losgezogen und mit Geld drei Tage später wiedergekommen sei. Er faßte sie mit einem Griff, riß sie gewalttätig über einen Stuhl zu Boden, sie ließ es sich, geduckt, gefallen. Sie hatte sich entschlossen, aus-

zuziehen, wollte sich trennen, hatte Angst vor seiner Rache.
Anna hatte ihn Silvester kennengelernt. Sie feierte mit Jürgen ins neue Jahr, im Begriff, Gottfried zu verlassen. Elke hatte verängstigt, Jürgen sagte: völlig schicker, in der Ecke auf einer Matratze gelegen, schwarzgekleidet, fremdländisch, düster blickend. Bobbe hatte breitbeinig auf einem Stuhl gesessen, sich sitzend nach den Rhythmen der harten Rockmusik bewegt, die Anlage auf- und niedergedreht. Um Mitternacht waren sie hinausgegangen, Anna mit den Neunzehn- und Zwanzigjährigen, von denen ihr nur Jürgen vertraut war. Die Knallkörper schwirrten in den Himmel, sausten und platzten in die Nacht, lange glitzernde Schweife am Himmel. Bobbe hatte eine Pistole aus der Tasche geholt, schoß auf die vor ihm stehende, in den Himmel blickende Schar junger Leute. Jürgen hatte gesagt: Hör doch auf! Bobbe hatte sich blitzschnell umgedreht, ihm aus nächster Nähe ins Gesicht geschossen. Jürgen rieb sich die Augen: Es tut weh! Bobbe sagte: Es sind doch nur Platzpatronen! Sie gingen wieder hinunter in den Partykeller, Anna nahm Jürgens Arm, er hielt sich immer noch die Augen. Bobbe saß wieder an der Anlage, drehte auf, stellte leiser. Ein junger Mann ging auf ihn zu: Mach die Musik etwas leiser, hör mit der Spielerei auf! Bobbe war aufgesprungen, wie von der Tarantel gestochen, riß nach dem Vorbild eines Verbrechers oder Westernhelden im Film ein Messer aus der Tasche, schrie: Ich bring dich um! War schon maßlos besoffen, angedröhnt, hatte sich kurz vorher einen Schuß gesetzt. Der hat Klüsen, sagte Jürgen, das siehst du von weitem, daß der auf Druck ist. Acht Männer hatten ihn im Nu gepackt: Den schmeißen wir

raus! Sie beförderten Bobbe nach draußen in die Neujahrsnacht. Schnee auf dem Asphalt, der erste Neujahrstag angebrochen, jemand rief laut nach den Bullen. Anna hörte das Wort »Totschläger« – »Der hat einen Totschläger!« Komm, Anna, wir gehen, sagte Jürgen, sie faßten sich an den Händen, gingen durch den Hintereingang hinaus. Kaum saßen sie im alten VW, sahen sie Bobbe die verschneite Straße entlanghumpeln, ein geprügelter Hund, er weinte. Für dieses Weinen gewann Anna Bobbe gleich lieb, seit Silvester betrachtete er sich als Annas Freund. Sie waren durch die einsamen, wieder stillgewordenen Straßen zurückgefahren zu Annas Wohnung, brachten Bobbe unterwegs zu einem Freund. Am Abend des Neujahrstages hörte Anna in der Tagesschau, bei Schlägereien in der Neujahrsnacht seien drei Menschen erschlagen worden.

Bobbe rechtfertigte seine Diebstähle, seine Einbrüche, seine Schlägereien, seine verschiedentlichen Versuche zu dealen. Er sei jahrelang im Heim gewesen. Er ging den Leuten, außer Anna, mit seiner Waisenhausgeschichte auf die Nerven, sie hörten ihm schon nicht mehr zu. Er konnte gut erzählen, doch nur von sich, bezog alles auf sich. Versuchte, andere mit Selbstmorddrohungen zu erpressen, so auch Jürgen, der einige Tage nach Silvester erregt und aufgelöst zu Anna gekommen war, Bobbe habe sich sicherlich umgebracht und liege tot in seiner Hütte. Er sei die letzte Nacht bis vier Uhr früh bei Bobbe gewesen, habe mit ihm Brüderschaft getrunken, Ringe gewechselt, einen kostbaren Ring, den ihm der Vater geschenkt, gegen einen billigen »Blechring«, nur um Bobbe zu beruhigen, der drauf und dran gewesen sei, sich die Pulsadern aufzuschneiden, röhrchenweise Valium gefressen, sich einen Schuß gesetzt habe. Bobbe habe seinen Plattenspieler gegen die Wand geschleudert, gedroht, der Katze »Tiger« den Hals zu brechen, schon einmal habe er einer Katze den Hals umgedreht, er liege bestimmt als Leiche in seiner Hütte. Jürgen hatte verstört bei Anna gesessen, beim Erzählen ununterbrochen mit Annas Springseil gespielt, es sich um Hände und Füße geknotet. Sie hatten über Selbstmord gesprochen, für Jürgen war er eine Dummheit und Unsinn. Sie waren losgefahren zu Bobbe, dichter Nebel auf dem Weg zu ihm, der alte VW ohne Heizung, die Scheibenwischer funktionierten nicht, Jürgen hatte öfters aussteigen müssen, die Scheiben außen abzuwischen. Aber Bobbe lebte, es war Licht in der Hütte, Jürgen und Anna sahen es gleich. Bobbe hatte in stundenlanger Bastelei die Anlage repariert, saß pfeiferauchend in seiner Höhle, Elke schweigend bei ihm.

Er war im Knast geboren, seine Mutter angeklagt, ihr drittes Kind vernachlässigt, ihm nichts zu essen gegeben, den Säugling in einem kalten, feuchten Zimmer tagelang in nassen Windeln liegengelassen zu haben, bis er an Unterkühlung und Auszehrung starb. Bobbe sagte, die Großeltern hätten die Mutter angeschwärzt, hätten sie »nicht abhaben« können, sie ins Gefängnis gebracht, die Mutter sei unschuldig, er wisse fest, sie habe kein Kind getötet. »An dieser Kindesmißhandlung mit Todesfolgen ist nichts wahr.« Im Knast geboren, im Heim aufgewachsen, zwischenzeitlich bei einer Stiefmutter, der neuen Frau des geschiedenen Vaters, mit sechzehn aus einem Lehrlingsheim rausgeschmissen, weil er dreißig von sechzig Lehrlingen zum Shitrauchen angestiftet hatte. Dann im schlimmsten Heim für Schwererziehbare, im »Sonnenhof«, dort nichts als Gewalt. Die Erzieher sahen ungerührt zu, wie wir uns prügelten bis aufs Blut, sagte Bobbe, sozusagen aus hygienischen Gründen, damit sie nicht selber Zielscheibe unserer Wut würden. Eines Tages sei er, von der Arbeit auf einem Bauernhof, ausgerückt. So glücklich war er noch nie, er flüchtete die Straße entlang, Bullen und Bluthunde schon hinter sich, sie faßten ihn nicht, seitdem war er »frei«. Bobbe sagte: Wenn du »H« genommen hast, fällt alles von dir ab, du stehst über allem! Maßlose Versuchung, dabei hielten alle Anna für eine »starke Persönlichkeit«.

Sie ging unweit ihrer Wohnung in einem kleinen Park, der zu einem Rest von Feldern führte, ging über die dunkelnde Fläche, Wege zwischen zwei Feldern, sah im frühen Abend schwarze Gestalten im Schnee gehen, ein schwarzer Schäferhund warf seinen Schatten. »Wenn du ein Jahr auf eine Insel müßtest und nur eines mitnehmen dürftest: Haschisch genug für ein Jahr oder mich, was würdest du wählen?« Dich, sagte Jürgen. »Haschisch genug für ein Jahr!« – »Trotzdem dich!« Sie fragte immer wieder, zweifelte, war eifersüchtig auf sein Haschisch wie auf eine zweite Geliebte. »Findest du es schlimm, daß ich eine Pfeife rauche? Haschisch macht mich ruhig.« Anna beobachtete seine Augen, als er mehrere Shitpfeifen geraucht hatte. Ruhe wovor, fragte sie. Denk nicht über alles nach, es macht mir Spaß, sagte er.

Bobbe erwartete seinen Prozeß, war angeklagt der schweren Körperverletzung, hatte sich im Juni des Vorjahres in seinem Zimmer die Pulsadern aufgeschnitten, die herbeigerufene Polizei mit Sätzen wie »Ich schlag dich kaputt, du altes Schwein!« und »Ihr seid alle Scheißbullen, ihr Schweine!« empfangen, einem Polizisten einen 1,50 m langen Gurt über die rechte Schulter, einem andern aufs Schienbein geschlagen, im Krankenwagen der Berufsfeuerwehr eine Scheibe herausgetreten, mit Fäusten um sich geschlagen. Schließlich war er unter Mithilfe von acht Polizisten gefesselt und ins Krankenhaus gebracht worden. Anna saß im Zuschauerraum des Amtsgerichts neben Elke, der Richter las eine lange Epistel vor, von den Irrfahrten und »Taten« Bobbes, der »unglücklichen Kindheit«, der abgebrochenen Autoschlosserlehre, von Heim und Heim und nochmal Heim, vom Selbstmordversuch der Mutter, der Scheidung der Eltern, der Kindesvernachlässigung, der fahrlässigen Kindstötung. Bobbe ruhig, gefaßt, bleich, groß stand er in der Anklagebank, erwartete das Schlimmste. Der Richter war ihm gnädig gesinnt, der gütige Vater. Draußen warteten die acht Zeugen, die Polizisten, der Richter zitierte sie herein, sie wurden aufgerufen, durften gleich wieder gehen. Bobbe wurde zu dreihundert Mark Geldbuße verurteilt, zu spenden dem »Verein für Bewährungshilfe«, der Richter sagte: Wir wollen ja die Bewährung so lange aufrecht erhalten wie möglich. Bobbe hatte gelogen wie gedruckt, gab vor, sich an nichts zu erinnern, er sei unzurechnungsfähig gewesen im Ausnahmezustand des Selbstmordversuchs. Bobbe, frei und glücklich, ging mit Anna, der Bewährungshelferin und seinem Anwalt in die »Schenke zum fröhlichen Meineid«, wie sie im Volksmund genannt wurde. Sie tranken Kaffee, sprachen über die hinter ihnen liegende Gerichtsverhandlung. Hätte er noch Einbrüche gemacht, dann . . ., hatte der Richter gesagt, Bobbe hatte noch drei Tage vor dem Termin im Supermarkt eingebrochen. Ein Mensch, der sich nahm und nahm, was er nie bekommen hatte, auf Umwegen. Ich habe keinen Kontakt mehr zu meiner Mutter, sagte

Bobbe, ich habe sie ein paar Jahre nicht gesehen, sie ist wiederverheiratet, hat neue Kinder. Anna und Bobbe gingen eingehakt zurück, Bobbe zu Elke, die schon wieder kellnerte, Anna nach Haus, um zu arbeiten.
Sie stellte sich vor, ihr drittes Kind, wenn es gelebt hätte, wäre geworden wie Bobbe. Vielleicht hatte sie ein Bobbe-Leben verhindert, das war keine Rechtfertigung. Bertha sagte: Du wärst wahnsinnig geworden mit einem dritten Kind. Anna erschien die Absaugung gespenstisch, obwohl alle Frauen, die sie danach fragte, sagten: Ich war nur erlöst. Das kurze Wegmachen des Kindes gespenstisch wie der sekundenschnelle, unerwartete Tod eines Menschen. Berthas Mann war in ihren Armen gestorben mitten im Orgasmus mit den Worten auf den Lippen: So schön war es noch nie. Berthas Wiederbelebungsversuche waren gescheitert. Fünf Jahre nach seinem Tod begriff sie immer noch nicht, was geschehen, weil alles zu schnell gegangen war. So auch für Anna: Das »Wegmachen« des Kindsfragments war unfaßbar, eine Erinnerungslücke, eine Leere, ein quälender Schmerz.
Elke erzählte Anna, wie sie sich zum ersten Mal allein trafen, sie habe die Pille vergessen, sei schwanger geworden, Bobbe habe sie geschlagen, die Frucht sei »abgegangen« im Krankenhaus, allerdings hätten die Ärzte gesagt: Das wäre sowieso nichts geworden, kein Mensch, kein Kind! Elke erschien Anna hochmütig, gleichzeitig spürte sie Mitgefühl. Sie hatte beobachtet, wie Elke Bobbe heruntermachte, kleinmachte, auf subtile Weise ohne viel Worte. Wie sie einmal mit fünf Männern von einer Fete abgehauen war, Bobbe, der freundlich bat, ihn mitzunehmen, ins Gesicht grinste, ihn stehenließ, er solle doch ein Taxi anrufen. Aber nun ging er auch ihr auf die Nerven,

wie er sich ständig auf das Waisenkind herausredete. Dennoch begriff sie seine Gewaltakte, als Gegenwehr. Sie hatte auch Angst vor ihm. Obwohl er ihr einmal gesagt hatte, sie solle ein Buch über ihn schreiben, sein Leben sei »ein Roman«, fürchtete sie, auch er wolle sich geschönt wiedererkennen. Sie träumte von ihm, wie er ins Hochhaus in ihre Wohnung einzudringen versuchte, um sie zu töten, weil sie über ihn geschrieben hatte. Träume waren ihr wichtig, »Wahrsagerträume« nannte sie Berthas Träume. Bertha ging viel mit Kindern um, leitete eine selbst aufgebaute Malschule für Kinder in der Stadt. Sie rief Anna manchmal an, sie habe geträumt von ihr, meistens entsprach ihr Traum Annas innerem Zustand. Anna lag im Krankenhaus. Eine junge Frau stand an ihrem Bett, flocht aus dicken Bindfäden eine Maus und eine alberne Schlange für Kinder, sie fragte Anna: Was ist es denn, ein Junge oder ein Mädchen? Anna antwortete: beides! Die Frau flocht Maus und Schlange, Anna begann zu weinen, die junge Frau lachte, fragte Bertha: Warum heult die denn? Daß man im Wochenbett heulen kann! Bertha sagte zu Anna: Wie willst du das nur mit vier Kindern schaffen? Anna sah bitter vor sich hin: Bertha ist die einzige, die meine Verhältnisse versteht.
Hans war fort, tot, obwohl er lebte. *Der bittere Duft von Tagen, die nicht mehr sind!* Sie spürte, obwohl sie mit Jürgen glücklich war, daß das Leben scheitern könne, hatte Angst, wieder einen Menschen verlassen zu müssen. Schlagartiges Fremdwerden, der Gedanke an die Absaugung, der Gedanke an das Verlassen von Menschen, beides die gleichen fixen Ideen. Jürgen sagte, als er sie mit Gottfried gesehen, habe er gedacht: Wenn er dreißig ist, wird sie vierzig sein. Er hätte es sich nicht vorstellen

können. Sie ging in die Diskothek, wurde wieder von einem Gast auf zwanzig geschätzt, lachte, sagte: Dreiundzwanzig. Und der junge Mann, Klaus, sagte: Du hast dich aber gut gehalten! Sie saßen an der Theke, sprachen über Rauschmittel. Klaus sagte: Wenn man mit »H« aufhört, ist das schlimmer, als wenn eine große Liebe aufhört. Anna hörte nur diesen Satz, der ihr wie ein Titel schien für ihre fixen Ideen, er redete gleich weiter: Weißt du, was du machen mußt auf Pille? Mit einer Frau schlafen, das ist wahnsinnig, du brauchst nur ihren Busen zu berühren, und es ist schon wie ein Orgasmus, Steigerung, eine irrsinnige Steigerung! Er gab einen Wodka aus, sie ihm ein Bier, er sagte: Ich habe mich noch nie mit einer Frau so unterhalten. Wie er sie beim Tanzen fragte, was sie arbeite, log sie: Auslandskorrespondentin. Sie fürchtete sein Mißtrauen, wenn sie sagte: Schriftstellerin. Er war Lacklaborant, langweilte sich furchtbar bei der Arbeit. Anna ging nach Haus, hatte sich schnell davongemacht, Jürgen wartete schon. Sie fragte Jürgen, ob er noch ein einziges Mal LSD mit ihr nehme, sie hatte die Worte des Lacklaboranten im Ohr. Wie die »Suchtis« über Sucht sprachen, war eine einzige Werbekampagne, gaukelte eine Drogenwelt vor voll Freiheit, Abenteuer und erotischem Genuß. Anna verstand, was »anfixen« hieß, die Junkies brauchten Gemeinschaft. Jürgen sagte, er wolle kein LSD mehr nehmen, ein einziges Mal, wenn du unbedingt willst, und dann nur eine halbe Pille. Als sie ihn gefragt hatte, war ihr gleich eingefallen, daß sie ihn nie mehr danach fragen, ihn nicht gefährden dürfe, daß sie sich selbst widerspreche, sich einmal aufregte über sein Shitrauchen, ein andermal ihn bat, Linsen zu besorgen. An einer gläsernen Oberfläche war sie heil, darunter

Verwirrung, Entziehung, Entzugserscheinungen. Hörst du mit »H« auf, ist es, wie wenn eine große Liebe aufhört. Sie trank, Teile ihres Bewußtseins wurden lahmgelegt, sie nahm Alkohol als Medizin, wie Trauernde den satten Schlaf des Vergessens im Alkohol suchen. Sie versuchte immer wieder Shit zu rauchen, es schmeckte ihr nicht, wie Leichenfleisch mit Pfeffer, sagte sie.
Anna reiste viel, brauchte die Honorare, die sie für Lesungen aus ihren Erzählungen erhielt. Sie haßte das stundenlange Sitzen in Zügen, das Herumstehen auf den Bahnhöfen, die Übernachtungen in Hotels. Jürgen begleitete sie am Sonntagvormittag nach Düsseldorf zu einer Lesung in einem Café. Immer hatte sie Angst, niemand werde kommen, jedesmal Lampenfieber. Das Café voller Menschen, auch Kinder waren mitgekommen, sie fühlte sich gehemmt, Jürgen würde mithören, schließlich sah sie auch nicht bei der Arbeit im Klinikum zu. Zuerst habe er ihre Stimme durch das Mikrophon nicht erkannt, sie habe sehr gut gelesen. »Willst du mir zu Hause nicht auch mal vorlesen?« Auf der Rückfahrt fragte er sie, ob sie immer so angegriffen werde, sie sagte: Was soll die künstliche Harmonie? Sie saß im Fond des Wagens, völlig erschöpft, sagte: Sogar Kopfarbeit strengt an, siehst du, auch wenn ich nicht schmutzig und staubig bin wie du. Du mußt dich nicht immer rechtfertigen, sagte Jürgen. Sie hing nur noch, lehnte sich an Jürgens Schulter, fiel in einen dämmernden Schlaf der Erschöpfung, Hermann am Steuer erzählte Jürgen von einem neuen Heft seiner Zeitschrift. Diesmal ging *sie* in die Badewanne, Jürgen bei ihr auf dem Toilettendeckel, lag im heißen Wasser, Schaum über den Brüsten, duschte sich kalt zwischendurch, Jürgen floh lachend bis an die

Tür. Hans hatte sich täglich in kochend heiße Bäder gestürzt, seine immer kalte Haut zu beleben. Sie sprachen über die junge Nachbarin, die ein Kind erwartete, Jürgen fragte, ob Anna mit Rosemarie und Niels sehr dick gewesen, ob ihr übel gewesen sei. Sie log, nie habe sie kotzen müssen, über die dritte Schwangerschaft mochte sie ihm nichts sagen, aus Angst vor Ablehnung. Sie scherzten über Zwillinge, von denen Bertha geträumt: Rechts eins, das sieht aus wie du, links eins, das sieht aus wie ich, sagte Anna, faßte sich an den Leib. Vielleicht mit achtunddreißig, wenn wir dann noch zusammen sind, sagte sie. »Zwillinge? Zwei Krüppel.« – »Warum Krüppel?« – »Von dir doch nicht, aber von mir!« – »Warum?« – »Ich hab zu viele Trips genommen.« – »Wie viele denn?« – »184!« – »Hast du Buch geführt?« – »Nein, aber wenn ich mir sonst nichts gemerkt habe, das hab ich mir gemerkt. Ein Medizinstudent hat mir damals gesagt: Vier Trips, und Kinder kannst du vergessen.« – »Wolltest du nie ein Kind?« – »Ich wollte höchstens vier Trips nehmen. Ich kann mich ja mal untersuchen lassen. Dann muß ich dem Arzt einen vorwichsen. – Ja! – Wie denn sonst?« Jürgen wollte noch »rausgehen« – »Ich muß noch raus!« – zu seinem Freund, dem »Großverdealer«, wie Anna Peter nannte. Jürgen verteidigte Peter, er stamme aus geschiedener Ehe, habe im Heim gelebt, die Lehre abgebrochen, versuche mit »Wiggeln« ein neues Leben aufzubauen. »Mit Dealen ein Leben aufbauen?« – »Er findet keine Lehrstelle.« Als er wiederkam, schlief Anna, erwachte, als er sich zu ihr legte. Ihr fielen die Worte Gottfrieds ein: ich brauche dich nur zu berühren und . . . poh! Die frühere bittere Frage in Gegenwart von Hans: Wann habe ich mich jemals als Frau gefühlt? Jetzt, hier, mit Jürgen. Sie erzählte von Hans, wie er sie jeden Tag gefragt hatte: Kriegst du immer noch kein Kind? Kriegst du immer noch deine Tage? Sie habe sich von ihm einwickeln lassen. Sie schmiegte sich an Jürgen, in seine Halskuhle, an seine Schulter, seine mollige Haut, sagte: wie eine Bergbesteigung. Bergbesteigung, fragte er. »Ja, Bergbesteigung!« Wie er schlief, war sie plötzlich sehr durstig, hätte einen Liter Milch oder Wasser austrinken können, mochte ihren Zustand nicht verändern, nicht in die Küche gehen, hätte immer so liegenbleiben können, immer beisammensein!

2

Anna liebte ihre Großmutter väterlicherseits, sie hatte Annas Geburtstag nie vergessen, immer Päckchen und Glückwunschkarten aus der DDR geschickt, kleine, liebevoll ausgesuchte Geschenke aus Kunstgewerbeläden, hing an Anna wie an einer eigenen Tochter, vielleicht, weil sie zwei Söhne geboren, sich immer eine Tochter gewünscht hatte. Vor zwei Jahren waren die Großeltern, nun beide über achtzig, aus der DDR zu ihrem Sohn nach Westen gezogen, einen alten Baum verpflanzt man nicht, sie ließen sich verpflanzen, welkten dahin. Wie der Anfang des Lebens Anna beschäftigte, erregte sie die Nähe zum Tod, sie besuchte gern die Großmutter, die in einem langsamen, fast schmerzlosen Sterben lag. Wie Anna das Gesicht der Sterbenden ansah, spürte sie ihr sprachloses Innenleben, die Großmutter lag matt in ihrem Schlafzimmer im ersten Stock des Elternhauses, einem Raum neben dem früheren Mädchenzimmer Annas. Der Vater kam mittags in seiner Arbeitspause, er arbeitete im Dorf, das Mittagessen für sich und die alten Großeltern zu bereiten, trug der Großmutter das Essen in Schüsseln und Tellern hinauf, sie aß, die Kissen unter Kopf, Nacken und Schultern geschoben, mit langsamen Bewegungen und kindlich-ernstem Blick. Sie verschüttete viel, machte schon unter sich, wie die Mutter sich ausdrückte, war ein Kind geworden, schlimmer als ein Säugling, sagte der Vater. Mochte das Bett nicht mehr verlassen, obwohl sie noch gehen und sich bewegen konnte, ihre Bewegungen langsam, keine Lebenslust mehr, sie nahm keinen Anteil mehr, ihr Blick melancholisch: Laßt mich, zwischen euch und mir keine Verbindung mehr, ich sterbe, nicht ihr! Auf ihrem Nachttischchen, auf der Frisierkommode neben dem Ehebett Pillenschachteln ohne Zahl, für und gegen alles, der Vater schimpfte: Die Pillen machen dich nur kränker. Anna erinnerte sich, wie die Großmutter schon vor Jahren angefangen hatte, alte Kleidung, beliebige Gegenstände um sich zu sammeln, ein vernachlässigtes Kind, sie war nicht habgierig, wollte aber etwas um sich herum haben. Sie hatte mit dem Großvater zweimal die Heimat verloren, ihr Leben erzwungene Flucht, dreißig Jahre im kommunistischen Deutschland, mußte nun, kurz vor dem Sterben, neu beginnen in einem ihr fremden Landstrich. Ihre größte Angst war, im Krankenhaus oder im Altersheim sterben zu müssen, eine Zeitlang hatte der Sohn sich mit Plänen getragen, die alten Großeltern ins Altersheim zu bringen, obwohl er sie zu sich geholt hatte. Wie er davon sprach, verkroch die Großmutter sich, ein federnloser Vogel in seinem Nest, kuschelte sich in Embryohaltung unter die immer schnell bekleckerte und kotbefleckte Decke, die ängstlichen Au-

gen im durchsichtigen Gesicht ohne Ziel und Erwartung nirgendwohin gerichtet, oder ins »Jenseits«, an das sie glaubte. Die alte Frau schrieb Anna keine Geburtstagskarten mehr, die letzten kurzen Briefe und Karten, die Anna erhalten, waren mit der Hand einer Vergehenden geschrieben, die Schrift ohne Nachdruck, kritzelig, ganze Wortteile ausgelassen, Anna hatte das Wort »hinfällig« gedacht. Bevor sie soviel gelegen hatte, war sie oft nach den ersten Schritten schon hingefallen. Sie würde für immer hinfallen. Anna wollte die Großmutter sterben sehen, ihr beistehen, bat die Mutter, sie auf keinen Fall ins Krankenhaus zu geben, sie sollte nicht auf irgendeiner Intensivstation an Flaschen und Schnüren hängen, nicht allein auf irgendeinem kalten Gang einsam sterben. Die Großmutter liebte Blumen über alles, zum Geburtstag hatte sie immer lieber farbig-leuchtende Blumen gewollt als ein Nachthemd, einen Schal, Konfekt. Sie sah kaum noch etwas, Anna wußte nicht, ob sie überhaupt noch einen Menschen erkannte. Aber hören konnte sie noch sehr gut, der Großvater wiederholte: Hören kann sie ja noch sehr gut! Der Großvater hörte nur noch absichtlich sehr laut Gesprochenes.
Als sie Weihnachten die Großeltern besucht hatte, klingelte sie einmal lange an der Haustür, warf Schneebälle an die Fenster der Großelternwohnung, nach einer halben Stunde erst war der Großvater am Fenster erschienen: Du weißt doch, daß ich nichts höre, Großmutter schläft! Zum ersten Mal seit Jahren war Anna mit den Kindern über Weihnachten im Elternhaus gewesen, kurz nach ihrer Ankunft sofort die braunen Holztreppen hinaufgestiegen, zu der Großmutter Bett gegangen, im ungelüfteten Schlafzimmer hatte es muffig gerochen nach Alter

und Tod. Sie begrüßte die Großmutter, stellte das Fenster auf. Es geht eben alles daneben, sagte der Vater, ich mache regelmäßig sauber. Die alte Frau lag in der rechten Ehebetthälfte, Anna hatte zuerst nur das befleckte Bett, den schwarzsprießenden Altweiberbart auf der Oberlippe gesehen, war aus dem Schlafzimmer geflüchtet. Dann aber sah sie mit Wehmut die Zartheit der Sterbenden im rosa Nachthemd, sah, wie die Großmutter zu ihrer ursprünglichen Mädchengestalt zurückkehrte, ein junges Mädchen wurde im Sterben, verging, verschwand. Ihre Hände fast ohne Fleisch, mit braunen Altersflecken wie auf Hans' Händen, durchsichtig, hager, Haut wie sich kräuselnde Seide. Am Heiligabend war sie hinuntergeführt worden ins elterliche Wohnzimmer, das weihnachtlich geschmückte, saß, in eine warme Wolldecke gehüllt, auf der Couch, hörte den Weihnachtslieder singenden Kindern und Enkeln, halb abwesend, zu, war nicht hungrig, wie die Mutter Essen auftrug, verlangte nach Essen, als alle am Tisch saßen, aß allein Brot und Würstchen, trank Tee, den die Mutter ihr maulend gebracht hatte: Eben wolltest du doch nichts! Die Großmutter sollte wieder zu Bett gebracht werden, auf der Couch war ein riesiger Fettfleck zu sehen, der Vater rief: Man sollte sie wirklich nicht mehr hier hereinlassen! Still, still, rief die Mutter, das war ein Mißton am Heiligen Abend, die ausgepackten Geschenke blinkten unter dem Baum.

Könnten sie wie Philemon und Baucis sterben! Der Großvater tat alles für die Großmutter, pflegte sie, wie er konnte, als eine gerade gewonnene Liebste, sie rief oft nach ihm. An den Abenden und Wochenenden saß er manchmal bis spät in die Nacht mit Sohn und Enkel in der Küche, spielte Karten, seine einzige Leidenschaft,

vergaß um sich alles, die Großmutter rief nach ihm: Opa soll kommen! Anna saß an ihrem Bett: Laß ihn Karten spielen, er kann nicht immerzu bei dir sein. Die Großmutter neidete ihrem Mann nicht das Kartenspielen – sie wollte nicht allein sein. Er hatte manchmal ein schlechtes Gewissen, Anna hörte ihn, wie sie in ihrem früheren Mädchenzimmer mit ihren Kindern im Bett lag, spät in der Nacht die Treppe hochschlurfend schon auf den ersten Stufen rufen: Wie geht's, Mutter? Sie hingen zusammen, waren ein Paar nun über fünfzig Jahre.
Einmal wollte Anna nicht alt werden – nicht älter als vierzig, dann ist das Leben vorbei –, ein andermal sehnte sie sich, wie die Großeltern lange mit Jürgen zusammenzubleiben, gemeinsam alt zu werden, die Großmutter sagte: Jung will man auch nicht sterben! Anna saß an ihrem Bett, spürte, wie die alte Frau weniger wurde. Sie dachte an Jürgens Spruch: Den müßte man zurückentwickeln und abtreiben. Die Großmutter wurde abgetrieben vom Tod. Daß plötzlich ein Mensch nicht mehr dasein kann! Martha hatte erzählt, wie sie mit Inge schwanger gewesen, und nur ihre Großmutter, dem Tode nahe Greisin, sie wirklich verstanden hatte. Über der linken Ehebetthälfte, in der Großvater schlief, hing eine eingerahmte Fotografie, ein Foto Annas als siebenjähriges Mädchen, Schleifen im Haar, die Großmutter konnte es vom Bett aus gut betrachten. Das Bild, sagte Anna, die Blicke der Großmutter folgten Annas Augen, die Großmutter lächelte matt, in ihrem Gesicht die ganze Zuneigung für Anna. Anna hätte den nackten Leib, den eingefallenen Busen und das schrumpelige Geschlecht der Großmutter anschauen mögen, um sehend vorwegzunehmen, was ihr selber später bevorstünde, der Leib war

verhüllt unter der befleckten Decke. Anna hielt nur die Hände der Greisin, streichelte ungelenk die butterweichfaltigen Wangen, küßte den versunkenen Mund, brachte der Großmutter Blumen, erzählte ihr etwas, beim Abschied rannen der Greisin Tränen aus lidlosen Augen, sie sagte nur dies eine Wort: Du bist ein liebes Mädchen! Anna ging glücklich fort.
Die Großmutter hatte noch ein drittes Kind, eine Tochter, gewollt, der Großvater sagte: Mehr als zwei Kinder fressen einem die Haare vom Kopf. Als junge Frau hatte sie ein Waisenkind zu sich genommen, ein Mädchen, Großvater litt es nicht, irgendwann gab sie es zurück. Die Mutter erzählte Anna, die Großmutter sei zum dritten Mal schwanger gewesen, habe »da unten« herumgestochert, die Frucht sei »abgegangen« im Krankenhaus, das Fruchtwasser schon grün gewesen. Wenn du Lehrerin geworden wärst, hatte die Großmutter gesagt, fragte: Wann erscheint dein neues Buch?, vergaß immer wieder die Antworten Annas. Ihr Bett voll Urin, aber kein Stuhlgang mehr, ihr Bauch aufgeblasen, die Zähne lagen herum, an den Augen grüner Star, man sah sie förmlich sich auflösen. *Zuerst ist es ein Schmerz, wo alles nahe ist, aber wenn es sich so verliert, Tag für Tag mehr, wie Dünen, die wandern, und jeder neue Morgen, der uns weckt, uns nur immer weiter entfernt. Und Neues kommt nicht, kein Schatten, nur all das Alte, die Erinnerungen, die wir wieder und wieder aufzupfen, über die wir nachdenken . . . dann ist es, als sauge ein Vampir an unserm Herzen. Erinnerungen sind ein Unglück für Körper und Seele.* Nach dem Besuch bei der Sterbenden barg Anna Jürgen in ihrem Leib wie in einem Schiffsbauch, als müßten ihre Beine und Knie noch biegsamer sein, ihn

ganz zu verschlingen, auch sagte sie: Ich möchte in dich kriechen, in deinem Bauch sein immer. Die Erinnerungen stiegen hoch, Silvesterknallkörper in den Himmel. Vor vielen Jahren war sie mit Gerhard auf dem Edersee in einem Ruderboot dahingetrieben, in starker Sonne auf dem See, sie waren allein, weit und breit kein Mensch, sie sehnten sich, miteinander zu schlafen, Scheu und Scham und elterliches Verbot zwischen ihnen, die Hände Gerhards verirrten sich, Anna schämte sich schon, hatte im Boot gelegen, die Augen vor der Sonne zusammengekniffen, der Wärme hingegeben. Sie stand leise auf, um den schlafenden Jürgen nicht zu wecken, zog alte Briefe von Hans aus der Schublade, Erinnerungsstücke verschiedenster Art, Fahrkarten, Hotelrechnungen, auf denen dem »Herrn Mangold« von seiner Hand »und seiner Frau« hinzugefügt war, kurze Briefe, höchstens eine Seite, einmal zwei. Sie saß sinnend über den Briefen, oft hatte er Briefe versprochen, dann nicht geschrieben, angerufen stundenlang aus Hamburg, auf Geschäftskosten, sie erschöpft, sanft an der Schnur, hätte doch Gerhard einmal die Schnur durchgeschnitten, nicht leidend alles abgewartet! Sie besaß Bücher von Hans, Geschenke mit euphorischen Widmungen, Zitaten aus Romanen oder Gedichten: *Aber in der Nacht wachte er auf und drückte sie fest an sich, als wäre sie sein ganzes Leben und als wollte man es ihm nehmen. Er hielt sie fest und hatte das Gefühl, sie sei sein ganzes Leben, und sie war es auch.* Darunter: für Anna. Sie fand Briefe von sich an Hans, unabgeschickte Briefe, Briefe nach dem 14. Mai 1975.

Am nächsten Abend, als sie auf Jürgen wartete, der von Peter Haschisch holen wollte, kam Bobbe, er war lange nicht bei ihr gewesen. Sein Gesicht mit roten Pickeln übersät, er sah schlecht aus, blaß, ausgehöhlt, hatte wieder keine Arbeit, wiggelte, in zwei Wochen würde er tausend Mikros kriegen. Er habe sich gegen sechs einen Schuß gesetzt, sei am Ende. Anna fragte ihn nach der Bewährungshelferin, ob sie aus dem Urlaub zurück sei. »Ein Glück, noch nicht!« Er hatte sich das Haar kürzer geschnitten, sprach von der Suchtmühle, sagte, er sei in zu vielen Institutionen eingesperrt gewesen. Ob sie einen Schuß wolle, sie sagte vorsichtig: Nein, heute noch nicht, darauf muß ich mich vorbereiten. Die andern reden immer nur davon, wissen nicht, wovon sie reden, sagte er. Wie sie sein Gesicht ansah, blickte eine ungeheure Selbstzerstörungswut heraus. Sie hatte ihn zu einem Psychologen geschleppt, niemand war ihm gewachsen, der Schmerz zu groß, er kämpfte allein gegen ihn an, wie Siegfried gegen den Drachen, und hatte nicht nur *eine* ungeschützte Stelle. Sie gingen ins »Faß«, Anna trank fünfzehn Wodka. Auf dem Rückweg erbrach sie, Jürgen hatte auf sie gewartet, sie bekam keine Luft mehr, Jürgen fragte: Soll ich einen Arzt holen? Als sie endlich schlief, träumte ihr von der Wirtin im »Faß«, sie stehe schwanger hinter der Theke, trinke hemmungslos, Anna entrüstet zu ihr: Wie können Sie schickern, wenn Sie ein Kind erwarten? Die Wirtin aber lächelte: Ich habe viel mitgemacht, sechs Kinder, zwei lebende, vier tote. Am Sonntagmorgen reinigte Jürgen den Hamsterkäfig, gab neue Streu hinein, frische Watte ins kleine Häuschen. Die alte Streu stinkt zum Himmel, sagte er, schüttete sie in eine Plastiktüte, stopfte sie in den Mülleimer. Setzte die Hamster unter die Käfighaube, betrachtete sie: Anna, der weiße Hamster ist so dick und groß, ich glaube, das sind doch nicht zwei Weibchen, so eine Sauerei, die vermehren sich wie die Kaninchen! Wenn die Junge kriegen, müssen wir die eben abtreiben. Anna, beim Abwaschen: kann man auch bei Hamstern abtreiben? Sie sprachen von ihrem Plan, nach Amsterdam zu fahren, in die Metropole der Dealer. Anna hatte immer noch Angst, Jürgen werde sich langweilen, machte ständig Pläne, wo sie überallhin fahren könnten.

An der Theke eines französischen Restaurants am Dam sagte Anna »Hans« zu Jürgen, es war ihr mehrmals passiert, Jürgen war verletzt. »Tatsächlich wollte meine Mutter mich ursprünglich ›Hans‹ nennen. Zwei Namen standen zur Auswahl: Hans und Jürgen.« Martha und Hermann mit ihnen, sie fanden ein Hotel in der Nieuwe Keizersgracht, die Zimmer unpersönlich, aber perfekt sauber, die Wände frisch tapeziert, die Türen frisch gestrichen. Jürgen übernachtete zum ersten Mal in einem Hotel. Wie oft war Anna mit Hans in Hotels gewesen. Als sie in die Stadt gefahren waren, hatte Jürgen von der Reinheit des Haschisch in Amsterdam geschwärmt, doch kaufte er kein einziges Gramm, rauchte zwei Tage nicht, die Stadt wimmelte von Freaks und Süchtigen. Anna ging Spielzeug kaufen für die Kinder, die sie zur Mutter gebracht hatte übers Wochenende, Jürgen sagte, er habe nie Spielzeug besessen, es sei überflüssig. Dennoch kaufte er für die Kinder einen Frosch aus Strickwolle, Anna kaufte Puppen für Niels und Rosemarie, Schiefertafeln, bunte Kreide, Murmeln. Sie pilgerten durch die Stadt, an einer Hauswand groß: Lesbian Nation, viermal das Zeichen des weiblichen Geschlechts. Am Abend betrank sie sich mit Wodka im Café de Til, der Kower hinter der Theke, mit Schnäuzer und Bart, erinnerte sie an Hans, preßte ihr grüne Orangen aus, versuchte, mit ihr zu flirten. Als sie gegen drei ins Hotel zurückkehrten, hatte sie einen Filmriß, konnte sich am Morgen darauf nur noch erinnern, wie sie auf Jürgen gelegen, Jürgen sagte, sie sei ziemlich laut gewesen. Jürgens Gesicht wieder voller Pickel vom Trinken, Anna fühlte sich aufgeschwemmt. Gegen Mittag gingen sie in den Oosterpark, suchten die Abtreibungsklinik Dr. Wong, sie las das Schild, am Sonntag wurde nicht abgetrieben. Sie trug ein zerknittertes Papier in der Manteltasche, mit Adressen von Abtreibungskliniken, handschriftliche Notizen darauf von vor zwei Jahren. Sie saßen auf einer Bank im Oosterpark, Jürgen wollte ihr das Papier aus der Hand nehmen, sie sagte: Nein, es stehen Notizen darauf aus der Zeit mit Hans. Was mitzubringen gewesen war, stand darauf: Nachthemd, Binden, Blutgruppe, 400 Mark, Arztbescheinigung ... und Notizen von einem Telefongespräch mit Hans. Ein paar Tage vor der Fahrt nach Amsterdam hatte Hans ihr am Telefon Gedichtzeilen vorgelesen aus einem Buch von Toller: *Du Frau gabst stöhnend einmal Leben mir / Ich starb, gebar mich, starb, gebar mich / wer wird die Hand mir halten am verheißnen Tag?* Dann stand auf dem alten Blatt noch ein Satz, den Anna zu Hans gesagt hatte: Du hast ja nicht die Zerstörung deines Körpers, die habe nur ich. Zerstörung des Körpers?, hatte er gesagt, Abtreibung ist doch heute auch nicht mehr das, was sie mal war. Viele Hunde im Park, Jürgen ekelte sich vor dem Hundekot auf Schritt und Tritt, Hans hatte damals seinen Airdale durch den Park geführt. Nachts im Paradiso, einer Art Diskothek, mehr ein Rauschgiftladen, liefen die schwarzen Hunde auf der Galerie, Haschischgeruch, süßlich und schwer, schlug ihnen entgegen wie Dampf aus einer Waschküche.

Eine Gruppe spielte im unteren Saal, hoch wie eine Bahnhofshalle, wölbige Decke, blaues Licht, lila Licht, im grellen Wechsel der Lichteffekte drei Zugaben. Jürgen und Anna, Hermann und Martha saßen auf der Galerie, Jürgen ekelte sich vor den Leuten, die Haschisch rauchten, er sagte: So schlimm ist es bei mir nicht mehr, nicht mehr der einzige Lebenssinn.

Wie sie nach Haus zurückgekehrt waren, machte er sich gleich auf, von Peter Haschisch zu besorgen, sprach von »Suchtgefühl«, dann saß er vor dem Fernseher, sagte: Die Stimmung wird davon besser. »Hattest du schlechte Stimmung?« – »Nein, das nicht.« Sie sprachen über Erinnerung, er sagte: Wozu ist Erinnerung gut? Ich erinnere mich an nichts. Annas Mutter rief an, Anna sprach zu ihr von ihrer Angst, Jürgen zu verlieren, die Mutter verstand nicht: Nur weil er zur Montage muß, hast du Angst, deine Gefühle könnten aufhören? Es muß sich doch nicht alles wiederholen. Die Angst vor dem Zwang zu immer neuen Trennungen quälte Anna wie eine fixe Idee, die Mutter sagte: Jede Trennung ist ein kleiner Tod, du kannst doch nicht zehn Tode sterben! Sie liebte Jürgen, aber da waren die Fremdheiten, das Bild von Hans schob sich vor sein Gesicht, sie wollte es auslöschen. »Denkst du manchmal an Selbstmord?« – »Frühmorgens, wenn Gottfried endlich vollgesoffen ins Bett ging, habe ich oft an Selbstmord gedacht, aber mit dir nur manchmal.« – »Und wann? Im Bett?« Er spielte mit den Kindern, zog Fratzen, brachte sie zum Lachen. Sagte, seine Mutter habe ihn als Jungen aus dem Bett geholt, wenn der Vater fort war und sie Angst hatte, allein Horrorfilme im Fernsehen anzusehen. Anna ließ sich gern aus seiner Kindheit erzählen, hätte ihn kennen mögen seit seinem ersten Atemzug. »Ich bin nicht interessant.« – »Doch!« Sie hätte einen einzigen Tag in seiner Haut stecken mögen – »einmal für einen Tag du sein!« Hätte sie, wie im Märchen, einen Wunsch freigehabt, hätte sie gewünscht, daß er *sie*, sie *er* geworden wär für einen einzigen Tag. *»Es dauert eine Zeitlang, bis zwei Gatten ein Fleisch werden* (sie vermied das Wort *Gatten*, sagte *zwei Menschen*), du kennst doch den Satz aus der Bibel?« Er sagte: ich kann mir das schon vorstellen, wie das bei unseren Alten geht: rein, raus, und dann – er ahmte die Laute eines Schnarchenden nach, er hauchte ihr seinen warmen Atem ins Ohr, es ging ihr durch und durch. »Du riechst nach Nordsee, ich war einmal in Scheveningen, dort riecht es so, aber nur wenn Flut ist.« Jürgens Vorfahren stammten aus Rußland, bei seinen Eltern stand noch ein Samowar. Immer hatte Hans Anna erzählt, wie er mit ihr und den Kindern ein Haus mieten, mit ihr abends bei erleuchteten Fenstern am Tisch sitzen, Tee aus einem Samowar trinken werde. »Kannst du den Samowar nicht einmal mitbringen? Ich möchte ihn nur einen Tag hier haben, ansehen.« – »Ich weiß nicht, ob mein alter Herr das erlaubt.« Jürgen küßte sie: Sei nicht so traurig, du Engel, du Hausengel. Jürgen hatte eine Engelsgeduld mit ihr, wie sie so den Erinnerungen nachhing, wollte nicht zugeben, daß sein Leben, wie Annas Vergangenheit, bereits ein Labyrinth war. Er ließ sie gewähren, sie folgte Hans' Spuren. »Du liebst ihn noch.« – »Er ist tot.« – »Er ist nicht tot!« In der Nacht hätte sie ihn noch streicheln mögen, er schlief, sie lag wach, sie sah greifbar vor sich den Schacht eines Treppenhauses in einem vielstöckigen Haus, sah hinunter in die schwindelerregende Tiefe, das Bild des Schachtes beruhigte sie, sie schlief ein.

Anna stiftete Jürgen zu einer Fahrt nach Hamburg an, mit Hans hatte sie nach Hamburg ziehen wollen, war mit ihm an irgendwelchen Häuserfronten entlanggefahren, vor Angst wie gelähmt, eines Tages werde der verlassne Gerhard an Hans' und Annas Wohnungstür klingeln. Martha und Hermann mit ihnen, Hermann am Steuer, ihr Hotel lag an der Alster, wo Hans seine Hündin spazierengeführt hatte. Das Hotelzimmer groß und nüchtern, die Fenster mit Blick auf die Alster schmuddelig, das Bad gekachelt, blau und schön, wie für lange heiße Bäder von Hans geeignet. Anna ließ Wasser einlaufen für Jürgen, sie ruhten aus von der Fahrt. Hermann und Martha bewohnten ein Doppelzimmer direkt neben dem ihren, ein kleineres, aber weniger nüchternes, mit Gardinen wie für ein Hochzeitszimmer. Anna wollte das Grab von Hans' Vater auf dem Ohlsdorfer Friedhof besuchen, es war zu spät, der Friedhof schloß um sechs, sie fuhren zum Essen in ein Lokal am Holzdamm. Hans hatte sie oft zum Essen ausgeführt, ihr die opulentesten Gerichte vorsetzen lassen, alles auf Geschäftskosten. Nun lud sie andere ein, sie aßen Hamburger Aalsuppe, köstlichen Salat, Mastente, zum Nachtisch bestellte Anna rote Grütze, Lieblingsdessert von Hans. Sie konnte dasitzen, nicht gehetzt, in Ruhe. Hans hatte ihr immer den Fisch zerteilt, sie war hilflos gewesen wie als Siebzehnjährige, die auf Hochzeiten nicht mit Messer und Gabel umgehen konnte, vor Aufregung große Salatblätter nicht in den Mund bekommen hatte. Nun bestellte sie, legte die hochgetürmt blütenweiße Serviette auf den Schoß, genoß ruhig den Geschmack der frischen heißen Aalsuppe. Beim Essen sprachen sie über Don Juan, Hermann gab ein Heft seiner Zeitschrift über das Don Juan-Thema heraus, sie stritten, ob es auch einen weiblichen Don Juan gebe. Sie tranken sich zu, überlegten, welches Striptease-Lokal auf St. Pauli sie besuchen könnten, Anna wollte einen Striptease sehen. Sie ging zur Theke, fragte den Wirt, der gab ihr freundlich Auskunft und Ratschlag. Er sei lange Jahre nicht mehr auf St. Pauli gewesen, empfehle aber das »Kolibri«, im »Salâmbo« werde »härterer Sex« geboten.

Die Freunde fuhren zur Reeperbahn, parkten das Auto, schlenderten über die Reeperbahn. Anna erschrak, wohin das Auge blickte, das Wort »Sex« – »Sex-Shop«, »Pornographie«, »Kontakthof«. Frauen mit überdimensionalen Brüsten starrten von ausgestellten Bildern, Schlepper versuchten die vier Schlenderer in ihre Lokale zu ziehen mit für Anna nicht gerade einladenden Werbesprüchen: Hier gibt es die größte Fickerei in ganz St. Pauli. Sie sperrte die Augen auf, ihre alte Naivität einer Fünfzehnjährigen brach durch, sie hätte flüchten mögen. Sie war mit Hans im »Kolibri« gewesen, die Dirne Erinnerung ließ sich nicht aus dem Haus weisen. Sie betrachteten die Auslagen, ließen sich immer wieder von Schleppern anquatschen, einmal führte der Anwerber Hermann und Martha durch den roten Samtvorhang in ein Lokal, konnte sie nicht halten, schimpfte: Für solche perversen Leute wie Sie reicht das wohl nicht aus, ich kann Ihnen noch keinen Mord und keine Entbindung zeigen. Anna faßte den Satz auf wie eine Erklärung für ihr ganzes Leben. Sie geriet in ein Gespräch mit einem Schlepper, zeigte auf ein ausgestelltes Foto einer Dame mit überdimensional aus der Kleidung quellendem Busen, sie finde solche künstlichen Brüste abstoßend, der Anwerber wurde böse, die seien am meisten gefragt, die Zugnummern. Anna wollte die

Herbertstraße sehen, Hermann sagte, Frauen seien nicht zugelassen, tatsächlich war sie abgesperrt, ein rotes Tor nach Art einer Pissoirwand, für Frauen kein Zugang. Die Straße war nicht lang, dunkel und gespenstisch, Gelaß einer Phantasie. Annas Schwestern, die Frauen, saßen in den Fenstern. Ihren Kunden zum Schnellimbiß boten sie sich an, ihre Brüste ragten hoch aus den wenigen Kleidungsstücken, die Gesichter starr, ohne jeden Ausdruck. Leere Stühle in den Fenstern, Trauben von Männergestalten im Düstern kaum erkennbar in der Mitte der Straße. Jürgen hatte Anna schnell hindurchgezogen, ein unendlich kurzer Eindruck, Anna war betäubt, hatte kein Mitleid, keine Entrüstung, dachte an Hans, der ihr erzählt, wie er irgendein Mädchen in irgendein Hotel mitnehme, sie morgens fortschicke, kein Wort, kein Gesicht, kein Name – »das kann sehr schön sein«, anonyme Sexualität hatte er es genannt. Die Freunde besuchten eine Diskothek, Anna tanzte, Jürgen mit Martha und Hermann an der Theke, das Tanzen führte sie, wie immer, weit fort, sie hätte sich tottanzen mögen. Gegen zwölf holte Jürgen Anna vom Tanzen weg, immer werde ich, wenn ich gerade angefangen habe, herausgerissen, sagte sie. Jürgen und die Freunde wollten zum Auto, eine Shitpfeife rauchen, aus Anna brach plötzlich eine Wut, auf das Haschisch, auf die ganze Umgebung. »Eure verdammte Pfeife, Pfeife, Pfeife!« Blieb stehen, ein trotziges Kind, Jürgen reagierte mit Wut, sie riß sich los – »Laß mich in Ruhe!« –, ging in eine Kneipe, ließ sich von der rothaarigen Dicken hinter der Theke Wodka einschenken, noch einen, noch einen. Langsam trinken, sagte die Wirtin, Anna zitterten Hände und Knie. Sie trank schnell, die Wirtin tröstete sie, als sie weinte, sie hätte die Welt umkippen mögen. Jürgen holte sie wieder, sie gingen zum »Kolibri«, wo sie mit Hans gewesen, sie folgte seinen Spuren, wollte ihn auswaschen, ausbrennen, austrocknen aus ihrem Gehirn. Die Bühne angeleuchtet, an den Tischen Männer mittleren Alters, Paare, Gruppen von jungen Männern, Anna hörte das Wort »sauigeln«. Die Bardamen zurückhaltend, freundlich, wie in einem Wildbretrestaurant. Die erste Tänzerin halbnackt, wie mit einem zu kleinen Bikini, tanzte eine Steinzeitfrau, Anna erkannte Stücke von sich. Blicke waren für die Tänzerinnen phantasiertes Streicheln, Anna dachte an eine Tänzerin vom »Crazy Horse«, die sich getötet hatte. Lassen Sie sich entführen in die Welt der erotischen Träume, sagte der Conférencier, forderte die Leute auf, »sich scharf zu konzentrieren«.

Anna beobachtete, mitten im Erleben war sie Schmetterlingsfängerin ihrer Eindrücke. Sie trank ihren Cointreau in kleinen Schlucken, an den Nebentischen Animierdamen bei Männern mittleren Alters, Sektkorken sprangen. Take five, eine rührend schmale, fast magere Tänzerin tanzte. Die Tänzerinnen erschienen Anna irgendwie unschuldig, unberührt von allen schmutzigen Händen. Anna sah leckende Zungen, Persiflage und Verhöhnung der Frauenliebe. Wie mir die Pflaume juckt, sang eine der Frauen, ein Mann »erlöste« sie, verteilte phallusförmige Luftballons an keifend-kichernde Weiber im Publikum. Es war von Länge und Größe des Penis die Rede, Anna fand es lächerlich. Eine Tänzerin und ein Schwarzer simulierten den Geschlechtsakt, begleitet vom Stöhnen aus einem Tonband. Automatische Bewegungen wie am Fließband, stoßen, stoßen, stoßen, Bewegungen wie auf einem schlechten Theater, Geburtsschrei der

Wollust vom Tonband. Gegen zwei verließen sie das Lokal.
Am nächsten Vormittag regnete es in Strömen, sie saßen zu viert beim Frühstück. Anna hatte geträumt vom Stripteaselokal, einer der Männer dort habe sie, wie sie neben Jürgen gesessen, anrühren wollen, sie hatte sich, in Angst, er werde sie schlagen, trotzig verteidigt: Gehöre ich vielleicht hier zum Mobiliar? Sie aßen in Ruhe, Annas Augen schmerzten, Müdigkeit der schlafarmen Nacht lag auf ihrem Gesicht wie eine Maske. Martha sagte, sie fühle unendliches Mitleiden mit den Frauen in den Fenstern, Anna sagte: Die Frauen brauchen kein Mitleid. »Sie bewahren trotz alledem ihre Würde. Würdelos sind nur die Männer, die sie benutzen.« Die Freunde fuhren zum Ohlsdorfer Friedhof, auf dem Weg dahin über die stille Reeperbahn, Anna sagte: Die Frauen werden sich jetzt ausschlafen. Die müssen sich erstmal auswaschen, sagte Jürgen. Es regnete in Strömen, Anna zog die Kapuze über, gab Martha ihr Kopftuch, Jürgen und Hermann ohne Kopfbedeckung, ihr Haar bald klitschnaß, Jürgens dünne Jacke bis aufs Hemd durchnäßt. Der Friedhof, der größte Europas, war maßlos mit Rhododendron bewachsen, viele Bäume wie in einem Wald, Anna sagte: hier möchte ich ohne Grabstein begraben sein. Sie lasen gemeinsam Grabinschriften, rechneten aus, wie lange der Begrabene gelebt, Anna suchte das Kindergräberfeld, fand es nicht. Auf einem freien Platz hinter Bäumen alte Grabsteine, von einem Bagger übereinandergeworfen. Sie standen unter dem Dach eines Grabhauses, sahen drei unbeweglich auf einem hohen Ast sitzende Raben, unterhielten sich über Hitchcocks »Vögel«, die Anna nicht gesehen, über das Krächzen der Raben. Anna pflückte

einen Rhododendronzweig, sagte: Im Sommer werden die Büsche eine blühende Fracht sein. Die Männer, durchnäßt von Fuß bis zum Haar, stiegen ins Auto, Hermann sagte unvermittelt: Der Kofferraum eures Wagens ist so groß, da passen mehrere Leichen hinein, Kinderleichen mindestens zehn oder zwanzig. Anna las auf der Rückfahrt »Eines langen Tages Reise in die Nacht«, war vollkommen gepackt von der Geschichte der süchtigen Mutter, die an einem toten Kind litt. »Ich muß das einnehmen, weil nichts anderes gegen die Schmerzen hilft.«

Am 29. Januar 1975 war Hans in den Kreißsaal gekommen, hatte Erlaubnis gehabt, Anna sieben Tage bei der Arbeit zuzuschauen, wollte für die »Illustrierte Zeitung« das Porträt einer Hebamme schreiben zum »Jahr der Frau«. Schnäuzer und Bart, dunkles schütteres Haar, sie schätzte ihn auf 37, er war 38 Jahre alt. Charmant, freundlich, zuckersüß, wenn er etwas wollte, wissen wollte, sie reserviert zuerst, ganz auf Distanz, fühlte sich bei der Arbeit gestört, war verärgert, wie er ihr in den Pausen die Zeit für Gespräche mit den Schwangeren stahl, sie ausfragte. Er hatte nicht locker gelassen, war gleich in ihr Privatleben eingedrungen, am nächsten Abend saß er bei ihr zu Haus, Gerhard hatte die Kinder zu Bett gebracht, sie saßen zu dritt am Tisch, Hans holte eine Rotweinflasche aus der Tasche, spürte gleich die Krise zwischen Gerhard und Anna. Bombardierte Anna mit Komplimenten, Anspielungen: Ich habe meiner Frau schon gesagt, hoffentlich verliebe ich mich nicht in die Hebamme! Sie immer noch reserviert, er beklagte sich, wie er ihr die Wörter aus dem Mund ziehen müsse, er werde seine Geschichte nicht schreiben können. Gerhard stand auf, er müsse noch arbeiten für eine Klausur, Anna hatte Kopfstechen. Hans fragte, wie sie als Hebamme zur »Abtreibungsfrage« stehe: Ich habe damals den Aufruf »Ich habe abgetrieben« mitunterschrieben. Wie denken Sie als Hebamme über die Kampagne? Lassen Sie mich, sagte sie, ich habe keine Zeit für solche Diskussionen, ich bin nicht Hebamme geworden, um abzutreiben. Er holte eine Aktenmappe aus seinem Koffer, zeigte ihr die Gerichtsakten zum Fall einer Hebamme, die wegen Abtreibung verurteilt worden war. »Es treten doch sicher Frauen an Sie heran, die ihr Kind nicht wollen.« Sie ließ sich nicht weiter darauf ein, verabschiedete sich, war aber auch schon gefangen vom Grad seiner Aufmerksamkeit, als wäre sie persönlich. Sie hatte keine Ruhe mehr bei der Arbeit, wollte zum Chef gehen, sagte sich: Die sieben Tage gehen vorüber. Am nächsten Abend ging sie schon mit ihm tanzen, die Entwicklung überstürzte sich, sie kam nicht mit. Seinen Hundeblick, »Journalistenblick«, sagte sie später, den bettelnden, bittenden, dringlichen, charmanten Blick, der alles aus einem Menschen herausblicken wollte, nahm sie plötzlich, in der Krise ihrer Ehe mit Gerhard, wie eine Liebkosung. Sie dachte nicht vor und zurück, als sie im Tanzen Hans' weichen, fülligen Körper spürte, strich ihm übers Gesicht, lehnte sich an seine weiche braune Wildlederjacke. Wie sie, nach der Rückkehr aus Hamburg, vormittags am Schreibtisch saß, aus dem Fenster starrte, sich schreibend das bewußtlose Fallen in Hans' Menschenfischernetze vergegenwärtigte – sie rauchte gierig, trank schon am frühen Tag Wodka –, kam sie eine Sehnsucht an, die Hebammentagebücher wieder zu lesen. Sie wollte ihre Sicherheit, wenigstens in der Arbeit, vor der Zeit mit Hans, wiedererleben.

Ich hatte Tagdienst, Schwester Margret erklärte einer neuanfangenden Hebamme einiges, ich übernahm fünf Frauen allein. Frau H., eine 23jährige I.para am Termin, in der Aufnahme, Fruchtblase eröffnet, Fruchtwasser klar, Muttermund 4 cm, Wehentätigkeit ausreichend, Herztöne gut, internes CTG mit Wehenschreiber ist angeschlossen. Frau B., eine 32jährige I.para, wünschte sich seit Jahren dringend ein Kind, Deflexionslage, Herztöne gut, Einstellungsanomalie, Fruchtblase eröffnet, Fruchtwasser klar, fast keine Wehen, sie hatte noch keinen Einlauf, kein Bad, da VT nur knapp fest, Muttermund 1-2 cm, dickwulstig, es sollte gewartet werden, bis der Chef nach 16 Uhr wiederkommt. Frau K., eine 24jährige Lehrerin, I.para, vorzeitiger Blasensprung am Termin, keine Wehentätigkeit, Muttermund sehr straff, um 14 Uhr 30 4 cm, Kopf I.PE, ca. 4 cm im Becken, HT gut, internes CTG und Wehenschreiber laufen, Wehentätigkeit nicht ausreichend, Ordination: Wehenmitteltropf und 50 mg Dolantin im, bei starkem und häufigem Erbrechen dazu 10 mg Psyquil. Frau M., eine Griechin, 27jährige II.para, leichte bis knappmittelkräftige Wehen, Blase steht. Bei der rectalen Untersuchung stellte ich fest, daß der Kopf noch abschiebbar im Becken ist, Muttermund 2 cm, alles sehr weich und nachgiebig, bei der letzten Entbindung vor zwei Jahren Dammriß dritten Grades, Atonie ca. 1100 ml, so die Aufzeichnung im Mutterpaß, also Vorsicht in der Nachgeburtsperiode, Vorsicht beim Dammschutz, der Damm könnte erneut reißen, das letzte Kind wog 4000 Gramm. Ich verabschiedete den wartenden Ehemann, der gut Deutsch sprach, sagte ihm, er solle bis 19 Uhr anrufen, dürfe kommen, wenn das Kind geboren sei, er mußte zur Nachtschicht, ich sagte ihm, bei der Aufnahme sei alles gut, er ging beruhigt fort. Die fünfte Frau ist Frau V., die schon geboren hat, post partum RR 160/90, Nachgeburtsperiode und RR-Überwachung. Ab 16 Uhr ist Schwester Margret mit mir, inzwischen habe ich acht Tassen Tee gekocht, halb im Sitzen tranken wir mit der diensttuenden Ärztin Tee. Margret übernahm die 32jährige Privatpatientin, beobachtete die Wehen, gab den Einlauf und das Bad. Die Ärztin untersuchte die Griechin nach Einlauf und Bad, Muttermund 6 cm, VT Beckenmitte, eröffnete die Fruchtblase, sie ließ sich vom weicheren Krankenhausbett ins härtere Kreißbett legen. Frau K., mit vorzeitigem Blasensprung, keine Temperatur, gab an, leichten Preßdrang zu haben, als die Wehentätigkeit nach Wehenmitteltropf und Gabe von Dolantin zugenommen hatte, sie entspannte sich gut, ich untersuchte sie, Muttermund 7 cm, VT Beckenmitte, Pfeilnaht quer, ich brachte sie gleich aufs Kreißbett. Frau H. hatte inzwischen einen Wehenmitteltropf und Dolantin bekommen, die Wehentätigkeit nahm zu. Ich ging abwechselnd zu den drei Kreißenden, beruhigte, hörte Herztöne, wenn kein CTG angeschlossen war, hielt die Brechschale vor, ermunterte, lobte, wenn sie gut durchatmeten. Gegen 17 Uhr nahm Schwester Margret eine neue Kreißende auf, eine jugoslawische Frau, II.para, die Blase war gesprungen, Schwester Margret machte Einlauf und Bad. Die Griechin drückte ein wenig vor sich hin, Frau H. klingelte, es drücke auf den Darm. Ich legte für die Geburten alles bereit: Abnabelungsbesteck, Episiotomieschere, Dammschutzlappen, Absauger für das Kind dreimal in einem sterilen Tuch, Syntocinon 3 VE zur Placentalösung post partum, Bändchen zum Fertignabeln, sterile Tupfer, Nabelbinden, Wickeltische mit Wärmelampen standen bereit. Frau H. untersuchte ich rectal, Kopf auf Beckenboden, Muttermund vollständig, Pfeilnaht im Geraden, Schwester Margret nahm mir die Entbindung ab, Frau H. entband um 17 Uhr 15 einen Knaben, 3250 g schwer, 50 cm lang, er heißt Felix, war gesund. Ich entband die Griechin um 17 Uhr 20 von einem gesunden Mädchen, die Nachgeburt war vollständig, ich spritzte prophylaktisch Methergin iv, weil in der Anamnese eine Atonie vorgelegen hatte. Der Damm war nicht gerissen, die Episiotomie in der alten Narbe geschnitten und nicht sehr groß. Ich versorgte das Kind, legte es ins Wärmebettchen. Frau K. hatte verstärkten Preßdrang, sagte, sie brauchte mich, ich sagte ihr, sie solle hecheln. Schwester Margret meldete, es sei sofort eine Sectio zu machen, es klingelte, draußen stand eine Frau, sie habe alle fünf Minuten Wehen. Schnell rasierte ich die Sectio-Kandidatin, Frau K. weinte, es ging drunter und drüber, der Chef erschien, untersuchte die Privatpatientin, stellte fest, daß keine Deflexionslage, sondern eine Steißfußlage vorliege, eine zweite Sectio wurde vorbereitet. Schwester Margret rief eine weitere Kollegin an, außerdem Frau Shara, eine Putzfrau, die nachmittags nicht kommt. Bei Frau K. war eine Vakuumextraktion angeordnet, bei tiefem Querstand, Frau K. weinte, hatte starken Preßdrang, trotzdem konnte die Geburt nicht durch Mitpressen beendet werden, der Kopf stand quer auf dem Beckenboden, der Wehenmitteltropf war abgedreht. Immer wieder schellte das Telefon: Ehemänner, Mütter, Schwiegermütter. Endlich kam Dr. St., er hatte mit dem Bus fahren müssen, seine Frau war mit dem BMW zum Wochenendeinkauf gewesen, wir konnten die Geburt durch eine Vakuumextraktion beenden, zum

Glück waren die Herztöne des Kindes immer gut. Schwester Margret war im OP, Schwester Rita übernahm die Frauen draußen, ich konnte mich jetzt ganz wieder Frau K. widmen; sie drohte durchzudrehen, wir brauchten ihre volle Mitarbeit, so erklärte ich ihr. Die Elektrode am kindlichen Kopf wurde abgedreht, die Saugglocke aufgesetzt. Auf dem Nachttisch lagen das Abnabelungsbesteck und Handschuhe für mich bereit, ich überwachte die Herztöne, ab jetzt mit dem Holzstethoskop, der Kopf steckte, ich mußte mitkristellern, eine dritte Person drückt mit beiden Händen auf dem Bauch mit, dies kann sehr unangenehm für die Gebärende sein, man sollte es nur tun, wenn es im Interesse des Kindes ist, niemals bei Ungeduld der Hebamme oder des Arztes, es ging nicht, der Muttermund hatte sich nicht ganz geöffnet, war sehr straff. Trotz Mitkristellern mußte eine re. und li. Episiotomie angelegt werden, die kindlichen Herztöne verlangsamten sich auf 100/Min. Nach 15 Minuten wurde das Kind durch Vakuumextraktion geboren, ein Mädchen, schnell streifte ich mir die Handschuhe über, nabelte ab, saugte das Kind ab, die Atemwege so schnell wie möglich freimachen ist das A und O. Das Kind rosig, es schrie aber nicht, trotz Absaugen. Es hatte Fruchtwasser aspiriert und mußte reanimiert werden. Der Reanimationswagen war im OP bei den Sectiones, ich packte das Kind, sprang in den nächsten Kreißsaal zum Reanimieren, dort fehlte der Babypulmotor, der im OP war, ich wurde aufgeregt, hörte die Mutter mir nachrufen: was ist mit meinem Kind? Irgend jemand hatte plötzlich den Pulmotor herbeigefahren, wir konnten mit Intubieren beginnen, im Laryngoskop fehlte die Batterie, mußte eingeschraubt werden, dies ist nicht schlimm, jedoch in solchen Situationen furchtbar aufregend. Tubus angereicht, Sauerstoff angereicht, inzwischen waren 12 Minuten vergangen, das Kind hatte noch nicht geschrien, es war rosig, schnappte zwischendurch nach Luft, Tonus schlaff, hätte es nicht das rosige Aussehen, könnte man meinen, es wäre tot ... Schnell zog ich 5-prozentige Glucoselösung und 8,4-prozentiges Natriumkarbonat 1:1 auf, Oberärztin und Kinderarzt waren dazugekommen, ich ließ diese weitermachen, kümmerte mich um die Mutter. Frau H., die schon um 17 Uhr 15 geboren hatte, lag noch immer ungenäht auf dem Kreißbett, der Ehemann stand längst mit Blumen vor der Türe, niemand hatte Zeit. Ich beruhigte Frau K., sagte ihr, sie werde in Narkose genäht. Bevor das Neugeborene auf die Intensivstation verlegt wurde, durfte die Mutter es in der Transportcuveuse noch sehen, auch sprach noch ein Arzt mit ihr. Wie Frau K. genäht war und aufwachte, war sie sehr ruhig, hatte Hunger und Durst, bekam zu essen. Auf der Station war alles belegt. Die Sectionierten wurden im Bad untergebracht, zwei Frauen in ein Zimmer geschoben, eine Privatpatientin mußte in einem Arztzimmer schlafen. Um 21 Uhr kam Herr K., war ungehalten, wollte alles genau wissen, war fast ein bißchen unverschämt, ein Polizist. Ich ließ mich nicht aus der Ruhe bringen, wir hatten soviel zu tun, es brannte nirgends mehr, ich erklärte alles so verständlich wie möglich. Vor der Tür stand eine 29jährige Italienerin, sie kriegte das achte Kind, streckte mir die Hand entgegen, sagte: Sie haben mir letztes Mal geholfen! Ich kannte sie nicht mehr. Sie bekam von Schwester Rita den Einlauf und das Bad, nachdem Schwester Margret die Anamnese aufgenommen hatte, an einem solchen Tag muß man Hand in Hand arbeiten, jede mußte noch Geburtsver-

laufsblätter ausfüllen, das Tagebuch schreiben, im Kreißsaal gab es viel in Ordnung zu bringen.
Frühdienst von 6 Uhr 30 bis 14 Uhr 30, ich bekam Bericht von der Nachtwache: In der Nacht um 0 Uhr 17 und 0 Uhr 22 Zwillingsgeburt eines Jungen und eines Mädchens, das erste Kind über sechs Pfund schwer, das zweite fast sechs Pfund, am Termin geboren, was bei Zwillingen relativ selten ist, Mutter und Kind wohlauf. Ich übernahm eine II.para, die gerade noch den Einlauf absaß, beim ersten Kind habe die Geburt nur eine Stunde gedauert, sagte sie, der Muttermund schon 8 cm, VT Kopf Beckenmitte, Blase steht. Um sieben Uhr legte ich Frau S. auf das Kreißbett, für die Geburt lag alles bereit, ich legte das externe CTG an, beobachtete in Verbindung mit dem Gerät die Wehentätigkeit, bevor ich den Apparat anschließe, erkläre ich jeder Frau die Bedeutung des Geräts. Die Wehen waren leicht alle drei Minuten, für die Geburtsbeendigung nicht ausreichend, um 7 Uhr 30 kam der Oberarzt, öffnete die Fruchtblase, der Befund unverändert, die Pfeilnaht noch quer, Frau S. wurde seitlich gelagert, damit sich der Kopf des Kindes schneller drehe. Um 8 Uhr 12 entband ich sie von einem gesunden Mädchen, 3200 Gramm schwer, 51 cm lang, sie freute sich, erzählte, das Kind solle Manuela heißen, während des Nähens der Dammnaht rief der Ehemann an, Frau S. durfte vom Bett aus selbst mit ihm telefonieren über einen bereitgestellten Apparat. Sie blieb noch zwei Stunden im Kreißsaal, dann durfte sie in ihrem weichen Bett gleich frühstücken, anschließend bekam sie ihr Kind in den Arm, auch kam der Ehemann mit einem großen Blumenstrauß. Neun Uhr, Sanitäter brachten auf einer Liege ein 14jähriges Mädchen in Wehen, die Mutter sehr aufgeregt,

die Schülerin machte einen adipösen Eindruck, ich ließ sie von der Liege steigen, sie konnte außer Wehen keinen Grund zum Liegend-Transport nennen. Ich gabe den Sanitätern die nötigen Papiere, wandte mich der Kreißenden und ihrer Mutter zu. Ein Frage- und Antwortspiel, wie mit jeder Neuangekommenen, und doch wieder anders, ich mußte besonders schnell das Vertrauen dieses Mädchens haben, damit sie in mir ihre Hilfe für die nächsten Stunden erkannte. Ich fragte sie, ob ich sie mit dem Vornamen anreden dürfe, Mutter und Tochter nickten, freuten sich über den Vorschlag, die erste Brücke war gebaut, das nötige Fragen ging gut und schnell. Den Mutterpaß hatten sie vergessen, die Aufregung, sagte die werdende Großmutter. Ein Telefongespräch, der Mutterpaß wurde gebracht, ich mußte die Blutgruppe von Birgit wissen. Bei der rectalen Untersuchung stellte ich fest, daß der Muttermund schon 4 cm geöffnet, der Kopf tief und fest im Becken war, die Blase stand, Birgit hatte keine Vorbereitung, ich erklärte ihr in einem kurzen Gespräch die Bedeutung der Wehen, übte mit ihr das Ein- und Ausatmen in der Wehe, das Entspannen danach, sagte ihr, Einlauf und Bad und Rasur würden als nächstes gemacht, zeigte ihr das Mitpressen für später. Birgit durfte noch einmal zu ihrer Mutter hinaus, sie weinte, sie war 14 Jahre alt. Ich war froh, daß ich Zeit hatte, Birgit außer der Entbundenen meine einzige Frau im Kreißsaal war. Ich legte sie ins weiche Bett, beobachtete die Wehen, überwachte die Herztöne mit einem Holzstethoskop, das CTG benötigte Schwester Margret für ihre beiden Frauen, beide EPH-Gestose. Ich saß auf dem Bett bei Birgit, hielt ihre Hand, sprach mit, wie sie ein- und ausatmete in der Wehe. Sie wurde unruhig, doch brauchte sie kein Medikament, ich unterrichtete den Oberarzt, der im OP war, er kannte Birgit aus der Schwangerensprechstunde, wir beschlossen, daß nur er sie untersuchte. Gegen 10 Uhr 30 hatte Birgit leichten Preßdrang, die rectale Untersuchung ergab: Muttermund 8 cm, Pfeilnaht im ersten Schrägen, VT gut Beckenmitte, ich legte alles für die Geburt bereit. Wie Birgit nochmals Wasser gelassen hatte, legte ich sie aufs Kreißbett, der Oberarzt konnte nicht kommen, ich untersuchte vaginal, eröffnete die Fruchtblase, Birgit legte sich noch ein wenig auf die Seite, es war noch nicht zum Mitpressen. Birgit wurde wieder unruhig, ich spürte ihre Angst, sie überspielte, trotzig werdend, die Angst, sagte, sie sei müde, könne nicht mehr, wolle nicht mehr usw. Ich ging auf sie ein, fragte, ob sie einen Vorschlag habe, erklärte ihr, daß nur sie das Kind herauspressen, ich nur helfen könne, wischte ihr den Schweiß von der Stirne ab, sie fragte, ob es sehr weh tue, wenn der Kopf kommt. In einem bestimmten, etwas strengen Ton mußte ich nun helfen, die Geburt gut zu beenden, in der Austreibungsperiode können viele Komplikationen auftreten. Nach zwei bis drei Wehen hatte sie wieder Vertrauen zu sich, preßte tüchtig mit, um 10 Uhr 53 entband sie von einem gesunden Mädchen, 3250 Gramm schwer, 52 cm lang, ich legte es ihr nackt in die Arme, sie lachte. Die Nachgeburt ließ eine halbe Stunde auf sich warten, zur Dammnaht gaben wir Narkose, Birgit konnte nicht ruhig liegen. Später verlegte ich sie auf die Station, sie war vollkommen schlaftrunken. Sie hatte zur Geburt keinerlei Medikamente benötigt, außer die Narkose zum Nähen . . . Schwester Margret ging um 12 Uhr 45 zum Essen, ihre beiden Frauen hatte sie auf die Station verlegt, beide noch nicht am Termin. Wir hatten

sonst keine Frauen mehr zur Betreuung, sie ging nach dem Essen auf Bereitschaft in ihr Zimmer, Schwester Renate und ich blieben zurück. Kurz nach 13 Uhr 15 kamen drei Kreißende nacheinander, Frau L., eine I.para mit Blasensprung, leichten Wehen, keine Temperatur, Frau E., eine II.para, knappmittelkräftige Wehen, Blase steht, Frau A., VIII.para, 42 Jahre alt, möchte anschließend sterilisiert werden, hat auch eine Einverständniserklärung des Ehemannes dabei, ein Vorgespräch mit dem Hausarzt hatte stattgefunden.
Nachtwache, Beginn 22 Uhr 30, bis morgens 7 Uhr, eine Woche lang, am Samstag und Sonntag Beginn schon um 20 Uhr 30. Schichtwechsel Freitag um 22 Uhr 30, Frau E., 22 Jahre alt, I.para, Adipositas, kam um 3 Uhr, die Wehen waren nicht ausreichend, sie bekam einen Wehenmitteltropf, wurde am CTG angeschlossen, hatte bei der Übergabe leichten Preßdrang, in der Anamnese nichts Auffallendes. Die diensttuende Ärztin untersuchte, der Befund: zum Mitpressen. Ich steigerte den Wehenmitteltropf, nach einer halben Stunde entband ich Frau E. von einem gesunden Knaben. In einem unserer Wehenräume lag Frau Y., eine Türkin, II.para, gegen Abend vom Hausarzt geschickt wegen fraglicher Übertragung, sehr dick, so daß ich dem Leibesumfang nach an Gemini dachte, laut Ultraschall: großer Einling. Sie schlief bei Nacht mit 20 mg Valium, sollte am Samstag eingeleitet werden. Von der Station wurde eine 32jährige Patientin gebracht, in der 32. Schwangerschaftswoche, I.para, Zustand nach Sterilitätsbehandlung, Placentainsuffizienz. Sie hatte starke Wehen, bekam sofort einen Partusistentropf. Um 23 Uhr 30 eine I.para, 27 Jahre alt, bei der äußerlichen Untersuchung stellte ich eine Steißlage fest,

die Ärztin bestätigte die Steißlage durch ihren vaginalen Untersuchungsbefund, der Muttermund 4 cm geöffnet, grünes Fruchtwasser ging ab, die Wehen kräftig, wir entschlossen uns sofort zu einer Sectio. Schwester Renate, meine Schwesternschülerin, half mir schnell, die Patientin zur Sectio vorzubereiten, Blutabnehmen fürs Labor, Vollrasieren, Dauerkatheter legen, alles fürs Kind zurechtlegen, der Ehemann durfte in einer Stunde wiederkommen. Um 0 Uhr 34 kam ein Knabe zur Welt, das Kind schrie kräftig, der Ehemann konnte es kaum fassen, wie alles so schnell ging. Ein Anruf von einer Erstgebärenden, sie habe pausenlos Wehen, was sie tun solle, nach kurzer Zeit traf sie ein, eine Französin, sprach aber gut Deutsch, der Ehemann, ein Deutscher, wollte bei der Geburt dabeisein. Bei der rectalen Untersuchung stellte ich fest: Muttermund 4 cm, dünnsaumig, Blase steht, Kopf tief im Becken, Wehen alle zwei Minuten. Sie bekam Einlauf und Bad, wurde vaginal untersucht, die Blase eröffnet, ein internes CTG angelegt. Frau C. lag im weichen Bett, ich kleidete den Ehemann ein, Kittel, Überschuhe, die Hände wurden desinfiziert. Frau C. hatte kräftige Wehen, atmete gut durch, bekam eine Spritze, um 3 Uhr 19 entband ich sie von einem kräftigen Sohn, sie freute sich mit dem Vater, Christian sollte das Kind heißen . . . Wir räumten auf, tranken Tee. Um sechs Uhr kam eine III.para, der Muttermund 6–7 cm, nachgiebig, pralle Fruchtblase, wir machten ihr einen kleinen Einlauf, ein warmes Bad, sie wirkte sehr aufgeregt, zitterte am ganzen Leib. Sie entspannte sich, atmete gut durch, um 6 Uhr 20 kam der Tagdienst, ich dachte, Frau R. werde schnell entbinden. Ich schrieb das Nachtwachenbuch fertig, ging heim.

Frühdienst von 6 Uhr 30 bis 14 Uhr 30, wir hatten zu zweit Dienst, Schwester Ursula übernahm zwei Patientinnen, beide in der Nacht gekommen, beide hatten geruht, eine bekam ihr Kind schon kurz nach acht Uhr, ihr zweites Kind, die andere sollte am Nachmittag heim, vierzehn Tage vor dem Entbindungstermin. Ich ging zuerst über die Station, suchte alle Schwangeren ab der 28. Woche auf, hörte Herztöne. Anschließend hatte ich keine Arbeit, ich sprach mit einzelnen Schwangeren. Um zehn Uhr kam aus der Sprechstunde eine 24jährige I.para, III.gravida, zehn Tage über dem Entbindungstermin, die Fruchtblase war in der Sprechstunde eröffnet worden, klares Fruchtwasser mit Vernix, der Kopf fest, Ordination: Einlauf und Bad, Wehenmitteltropf, bei Bedarf Dolantin. Die Kreißende hatte keinen Vorbereitungskurs besucht, der werdende Vater im Gefängnis, dies alles erfuhr ich im Gespräch, wie ich Formulare fürs Standesamt ausfüllte, fragte, wer Auskunft am Telefon haben dürfe. Sie brauchte mein besonderes Verständnis, ich klärte sie auf, beim Rasieren merkte ich, wieviel Widerstand in diesem großgewachsenen, superblonden, sehr bleichen Mädchen steckte, schon beim Berühren zuckte sie zusammen. Ich gab ihr Anweisung über das Verhalten während der Wehen, sagte ihr, welchen Sinn die Wehen haben, zeigte ihr die Stellung beim Pressen, ließ sie probeweise pressen, sagte ihr, daß das Bad zum Entspannen gedacht ist, sie sollte alles in aller Ruhe tun, werde überrascht sein, wie gut alles gehe. Wir machten uns gemeinsam an die Arbeit, später bekam sie eine Braunüle gelegt für den Wehenmitteltropf, ein internes CTG, ich gab ihr gleich 50 mg Dolantin. Sie atmete gut durch, nach einer Stunde untersuchte ich nach, der Mut-

termund war jetzt 5 cm, bei der Aufnahme 3 cm, Kopf fast Beckenmitte. Ich wollte es dieser Frau so einfach wie möglich machen, spritzte um 13 Uhr nochmals 50 mg Dolantin im. Um 13 Uhr 45 drückte sie so leise vor sich hin, sagte, sie habe Preßdrang. Ich hatte alles für die Geburt vorbereitet, brauchte die Kreißende nur noch vom weichen Bett ins Kreißbett zu legen, zehn Minuten später war ein gesundes Mädchen geboren, zehn Pfund schwer, 57 cm lang, Bianca sollte es heißen. Frau K. wollte, daß ich ihren Vater verständigte, er hatte sie gebracht.

Am 29. Januar war Hans in den Kreißsaal gekommen, sie grub sich in die alten Notizen, *müde aber zufrieden*, panische Angst faßte sie, sie rauchte eine nach der andern. Sie wollte sich nicht versteigen zu Verallgemeinerungen: Alle Journalisten sind Menschenfischer. Hans war ein Menschenfischer, porträtierte Menschen, nistete sich in sie ein, ihm gehörte die Welt, er war heute in Hamburg, morgen in München, übermorgen in Athen, überübermorgen in Afrika, in Amerika, seine Heimaten waren die Hotels, wo er mit gelassener Arroganz hauste. Wie er in ein Hotelzimmer ging, sich von devoten Gepäckträgern die Aktenkoffer tragen ließ, wie er ihnen herablassend Trinkgeld hinwarf, wie er nachts Sekt oder Champagner telefonisch bestellte! Fotografen begleiteten ihn, in ihren Bildern, die er begutachtete mit prüfenden Blicken, hatte er den Menschen noch einmal eingepackt, eingesargt, zur Verfügung. Sensationslüstern wie die Leser der »Illustrierten Zeitung« hatte auch der zu sein, der für sie schrieb. Hans erzählte, wie er Ärger bekommen hatte mit einer Rechtsanwältin, einem Verleger, über den er geschrieben, sagte: Erst muß ich ihnen Honig um den

Mund schmieren, damit sie herausrücken mit sich, dann nehme ich sie auseinander. Fluchtbewegung zu Hans hin, in der Krise ihrer Ehe mit Gerhard, sie erhoffte sich Neubeginn: wieder ganz von vorn anfangen. Gerhard war Gesprächspartner langer Gespräche, Vater ihrer Kinder, ein richtiger Vater gewesen, hatte ihr geholfen in allem, war treu, verläßlich, zu verläßlich. Anna hatte seine Wandlung miterlebt, wie er, ein Muttersöhnchen zuerst, angewiesen auf die Magdmutter, die ihm Strümpfe und Handtücher brachte, angefangen hatte, Windeln zu waschen, Essen zu kochen, Kinder zu lieben wie sie. Fluchtbewegung in der Krise, Hans sagte: Pack deine Sachen, nimm die Kinder, komm mit nach Hamburg, sofort. Suchte eine Achtzimmerwohnung für sie beide und ihre Kinder. Sie aber hatte sich nicht mit einem Ruck von Gerhard trennen können, Hans wollte sie nicht mehr, als sie am 1. Mai endlich sich losgerissen von Gerhard. Sie hatte Gerhard umgeformt nach dem Bild des neuen Mannes, er begriff nicht, blieb, wartete, wehrte sich nicht, litt. Anna berührte ihn nicht mehr, seitdem sie sich Hans verschrieben, Hans nahm sich die Frauen der andern: Ich kam, ich sah, ich siegte. Sie war wie besessen, vernachlässigte die Kinder, lud alles auf Gerhards Schultern, er ritzte sich die Schlagadern, sie faßte es als Erpressungsversuch auf. Hans' Sprache betörte sie, Gerhard pflegte nicht viele Worte zu machen, war wortkarg, nicht flüssig im Formulieren wie Hans. Gewohnt, jedes Wort von Gerhard ernst zu nehmen, faßte sie Hans' wuchernde Wortversprechungen als Wahrheit auf. Spät begriff sie, daß Hans eine Potenz suchte, die er nicht fand, daß Sprache ihm Lockruf war, und heute nicht mehr wahr, was er gestern gesagt. Er spielte sich als Lehrer auf, zeigte

ihr, wie man den Rücken des Geliebten mit den Nägeln ritzte, in der Hoffnung auf Glück erschien ihr das Fremdgehen verlockend, aber sie fand doch nur das alte Bild des Mannes, der von Frauenbewegung zustimmend redete, um zu verbergen, daß er der Mann war, den sie bekämpfte. Wie er die Aufnahme von Niels' Geburt hörte, Annas ausgelassenen Schrei beim Heraustreten des Kindes, sagte er ihr: So muß dein Schrei der Wollust sein. Rief in ihrer Gegenwart frühere Geliebte an, die er verlassen hatte, wenn er ihrer sicher gewesen war, legte auf, sobald er ihre Stimme hörte. Anna kam zu spät zur Besinnung, zu Gerhard konnte sie nicht mehr zurück. Hans war plötzlich wieder seine Frau wichtig, er erzählte von ihren Nervenzusammenbrüchen. Als er seinen Artikel über Anna fertig hatte, war er fertig mit ihr.
Sie grub sich in die alten Briefe von Hans, in ihre eignen unabgeschickten Briefe. Sätze wie diese, zwei Jahre zuvor geschrieben: »Wenn es immer nur Tage wären, die wir getrennt sind. Es sind Wochen, die mir wie Jahre vorkommen. Warum flüchtest du vor mir, die du Braut nanntest?« – »Ich möchte dich anfassen, möchte dich leibhaftig in meinen Armen, dich riechen. Dein grüner Pullover fiel mir in die Hände, der in meinem Schrank hängt, immer noch riecht er nach deinem Schweiß.« – »Erinnerst du dich an das Plädoyer des Verteidigers in den ›Brüdern Karamasow‹? ›Der Erzeuger ist noch nicht Vater; Vater aber ist, der gezeugt und den Namen Vater verdient hat.‹ Erinnerst du dich?« – »Deine Frau nimmt Valium, was nehme ich?« – »In ›Malina‹ gibt es einen Satz: ›Wo kein Wunsch nach Trennung besteht, kann es zu keiner kommen, es kann also nur dein tiefster Wunsch gewesen sein.‹« – »Glaubst du, ich wollte Experimente

mit meinem Körper machen, als ich auf deinen Wunsch nach einem Kind einging?« – »Mein Körper ist nicht dein Körper. Hast du dir nicht einmal etwas darauf zugute getan, du hättest mich schöner gemacht? Bevor du gekommen seist, wäre ich in dicken Strümpfen herumgelaufen, vertrocknet und unglücklich – und wie laufe ich jetzt herum?« – »Du sagtest: Das Kind kann auf jeden Fall existieren, ich nehme es zu mir! Dein nächster Satz: Nun gut, dann nehme ich es zu mir, auch wenn meine Ehe dann ganz kaputtgeht. Dein dritter Satz: *Eigentlich* will ich dieses Kind. Komm sofort nach Hamburg, hattest du gesagt, ich will ein Kind von dir, hattest du gesagt. Jeden Monat deine Fragen: Kriegst du immer noch kein Kind, hast du immer noch deine Tage? Nun forderst du als weiteren ›Liebesbeweis‹, daß ich dein Kind austrage, ich werde dich abtreiben.« – »Ich will dich nicht in meiner Stadt wiedersehen, es ist eine Folter, sie noch mehr mit dir zu verseuchen, allein zu sein.« – »Meine echolosen Briefe.« – »Als du von den Leuten erzähltest, die geschieden sind, erzähltest du ungeheure Geschichten: von Vätern, die in öden Hotelzimmern ihre Kinder treffen müssen, von Vätern, die den größten Teil ihres Einkommens an die frühere Familie zahlen müssen. Als du ein Kind von mir wolltest, sagtest du: Alles geht ganz einfach, das geht alles!« – »Du sagtest so leichthin: Wenn ich eine Frau wäre, würde ich auch ein Kind bekommen von dem Mann, den ich liebte.« – »Dein Gesicht so jugendlich, jungenhaft, dann plötzlich erschöpft, fast verfallen, sehr viel älter.« – »Schwangerschaft ist ein einschneidender Vorgang, damit kannst du nicht spielen mit dem Hinweis auf Spontaneität.« – »Vor mir liegt deine Karte, die du mir aus Bremen schriebst: Wenn du 49 bist, sollst du

einen Sohn von mir kriegen.« – »Warum schweigst du? Stell dir vor, du wärst schwanger, jeder Tag käme dir wie ein Jahrhundert vor. Du schweigst, sagst mir, ich solle zu keinem Arzt gehen, wir könnten ›die Sache‹ unter uns klären. Du schweigst.« – »Schwanger sein kann ich nur, wenn ich dich weiterlieben kann.«
Anna las auch die sorgenden Briefe der Mutter: »Die ganze letzte Zeit habe ich von dir nur von Selbstmord, von Töten, von Rosemarie-Verlassen gehört. Ganze Nächte habe ich daran gedacht und nicht schlafen können.« Den trauernden Brief der Freundin: »Ich war sehr verzweifelt, als ich dich nicht habe zurückhalten können, obwohl alles, was vor zehn Jahren mit mir geschah, wieder da war ... Ich habe mit Hans telefoniert ... Er meinte, es läge kein Grund vor, daß du nicht ans Telefon gingst ... Er weiß nicht, was es bedeutet, etwas, das durch eine Liebe entstanden ist, zu vernichten, weiß nicht, was Abtreibung für eine Frau bedeuten kann, seine Rede von gleichen Empfindungen bei Mann und Frau ist nur ein verbaler Anspruch, er ist ja gar nicht betroffen.«
Anna grub sich in die wenigen Briefe von Hans: »Ich bin verzweifelt, daß ich von allem, was ich dir jetzt sagen möchte, nichts ans Licht bringe.« – »Ich sehe dich in dicken Strümpfen, ich sehe dich in dem weißen Kleid, ich sehe dich in dem braunen Kleid. Ich sehe dein glühendes, fieberndes Gesicht und den Wadenwickel. Ich sehe dich lachen, immerzu lachen, in dem Gütersloher Lokal mit deinen Eltern. Ich sehe dich blühen, aufblühen. Mürrisch und mundfaul warst du, wie ich dich zuerst sah.« – »Ich weiß nur, daß sich an meinen Gefühlen zu dir nichts verändert hat. Bei mir ist es nicht so, daß ein Mensch gleich tot ist, wenn er nicht da ist. Mich verwirrt der

Eindruck deiner unsteten Gefühle.« – »Soll ich dir schreiben, daß sich mit dir, mit meiner Liebe zu dir eine bisher unvorstellbare Todesangst verbindet? Was heißt es denn, wenn ich Nacht für Nacht zur gleichen Zeit aufwache und immer dieselben Gedanken habe? Lokalisierbare physische Schmerzen und der Gedanke, was soll ich dir schon sein? Kranker Mann, alter Mann, toter Mann.« – »Und glaub bitte nicht, daß ich alles abdränge, verdränge, daß ich meine Liebe zu dir abtreibe. Aber wahr sind die Sätze, die du zitiertest: ›Was er noch gestern gewünscht, wird eine Gefahr im Moment, da es sich erfüllen kann.‹ Warum nur? Ich muß die Ursache meiner Angst selbst finden, du hilfst mir schon längst nicht mehr. Damals in dem Gasthof hast du etwas ins Rollen gebracht, wie ich an deiner Schulter weinte. Inzwischen baust du Barrikaden an den Abhängen. Es ist wahr: Ich habe dich allein gelassen, lange oder zu lange? Warum nur?« – »Und dann bin ich irgendwie wieder bei dir. Ich sehe uns auf dem Kinderspielplatz, auf dem Rasen mit den Hunden, in der Gastwirtschaft mit Niels, vor den erbsenbespickten Eiern. Stärker als alles andere hat sich deine Zärtlichkeit in mir eingenistet, wie ich sie noch nie so an dir bemerkt habe. Ich küsse dich, du Eichhörnchen in mir.« Und zwischen den alten Briefen flatterte der Zettel mit den Notizen: Nachthemd, Blutgruppe, Arztbescheinigung, Dauer zwei Stunden, direkt am Bahnhof ... Sie vergrub das Gesicht in den Händen, grübelte. *So muß ich ihn verloren geben? Denn ich fühle, er schwindet ...*

Diese Tage der Kälte, sie saß am Küchentisch, alles wie tot, eisgekühlt, die Zeit blieb gleichsam stillstehen, das Bewußtsein war ausgeleert, die Frühjahrssonne schien, erleuchtete das Zimmer. Abends saß sie mit Jürgen vor dem Fernseher, lachte sich halbtot über ein Nonsens-Programm. Als er schlief, sie seine manchmal seufzenden Atemzüge hörte, stand sie auf, ging in der Wohnung herum, von der Küche ins Arbeitszimmer und wieder zurück, Unruhe drohte sie zu ersticken. Sie nahm zwei Valium, setzte sich in den Schaukelstuhl, rauchte einige Zigaretten, las in einem Buch, legte es weg, schrieb ein paar Zeilen, holte ein Glas Wasser aus der Küche, ging ins Kinderzimmer, deckte die Kinder zu, die sich ständig im Schlaf abdeckten, ging zur Toilette. Die Tabletten wirkten, sie ging zurück ins Bett, legte sich neben Jürgen, hörte seine jetzt unruhigen Atemzüge, glitt weg in den Schlaf. Am Morgen überhörte sie den Wecker, bis Jürgen aufschreckte, fragte, wie spät es sei, es war nach sieben, Jürgen sprang auf, Anna kochte Tee, schmierte Brote, Jürgen verabschiedete sich schnell. Sie stellte sich vor, Hans lebe nicht mehr, sie stellte sich vor, sie würde ihm auf der Straße begegnen, ihn keines Blickes würdigen, durch ihn hindurch-, an ihm vorbeisehen. Als sie die Kinder versorgt und zum Kindergarten verabschiedet hatte, ließ sie den ganzen Tag dieselbe Platte laufen, die Musik war wie ein Mensch. Zu nah waren sich beide, um im Abstand des Verstehens den anderen zu überblicken, schrieb Hans in der »Illustrierten Zeitung« über einen Mann, der seine Frau getötet hatte. Am Nachmittag ließ sie Wasser in die Wanne, die Kinder zu baden, die Kinder zogen sich aus, tänzelten auf dem Flur herum, planschten in der Wanne, spielten mit leeren Joghurtbechern. Sie drehte die Musik auf, »Heroin« der Velvet Underground, tanzte an diesem Nachmittag allein in der Wohnung, sah ab und zu nach den Kindern, Tanzen ist auch ein Mittel sich zu entrücken, hatte Martha gesagt. Sie setzte Rindsgulasch auf, das sie am Morgen gekauft, bereitete Reis und Salat, trank Cointreau. Sie wählte die Nummer von Hans' Redaktion, als sie »Mangold« hörte, legte sie auf. Manchmal wieder fürchtete sie, er läge irgendwo schwerkrank in einem Sanatorium, wäre tot, wirklich tot, unabhängig von ihrer Erinnerung, aber seine Stimme forsch, nüchtern. Sie blätterte in Büchern, konnte nicht lesen, sie quälte sich, »Orlando« wieder zu lesen, spürte eine Vorstellung, wie sie schreiben könnte. Sie hätte auf Bahnhöfen leben, ihre Suppe in irgendeiner Missionsstation essen, hätte sich umwandeln lassen mögen, wie im Märchen, in einen häßlichen Frosch, ein Eichhörnchen, eine Stute. Dann wieder spürte sie Anfälle von Wut, wollte zuschlagen, um sich schlagen, wie Bobbe, sie war immer freundlich, sanftmütig zu Hans gewesen. Du verdammtes Saustück, du Schmeichler, du Bigamist, du Betrüger, du Verführer, du Arschloch, du Schuft, ich treibe dich aus mir ab, aus mir aus, geh geh geh, ich will nicht, ich vergesse dich, ich treibe die Reste deines Schwanzes aus mir ab, Ausschabung des Don Juan aus mir, ich werfe deine Pullover weg, die von deiner Ehefrau gebügelten Hemden, das rote, das grüne, das bleiche, geh doch endlich, so hätte sie schreien müssen, aber sie hatte nicht geschrien. Unter den Schlaraffenlandfrauenbäumen liegen, davon hatte Hans geträumt, der kleine Hinkemann hatte sechzehn Kinder von ihr gewollt. Wut brach auf, hatte kein Ziel, nur einmal, als ihr Hermann einen Freund vorstellte, war ihr, als treffe sie Hans wieder, in irgendeiner Gestalt, mit oder ohne Bart, Gesichter und Gesten waren einander gleich, die Gestalt erinnerte sie an Hans. Sie fixierte Wilhelm gleich, wurde streitlustig, wunderte sich, wie sie so über einen wildfremden Menschen herfallen könne. Wilhelm hatte in der Drogenberatung gearbeitet, erzählte, wie er manchmal einen Joint mitgeraucht habe, aus Solidarität. Solidarität, sagte Anna, ich finde das zum Kotzen. Wilhelm nahm ein Päckchen Shit aus der Tasche, breitete das Stanniolpapier wichtigtuerisch aus, zerbröselte den Shit, Anna hätte ihn ohrfeigen können. Sie wunderte sich nicht, als sie erfuhr, daß er mit zwei Frauen lebe, drei Tage bei der einen, vier Tage bei der andern. Sie reizte ihn, fragte, ob er ihr eine der silbernen Broschen auf seinem Jackett schenke, er sagte nein. »Du bist wohl ein analer Typ?« – »Ein alter Hut.« Er ließ sich nicht aus der Ruhe bringen, lächelte charmant, ihr klingelten Hans' Worte in den Ohren – »wir werden uns immer wiedersehen«. Wie er alles so selbstsicher hinnahm, sich so schön und unvergleichlich fühlte, schlug sie Wilhelm ins Gesicht, er hatte sogleich ihre Hand im Griff, die Zigarette fiel ihr aus der andern, in den Schoß, brannte ein Loch in ihren Hosenanzug, sie riß sich los, schüttete ihm ein Glas Wodka ins Gesicht, er lächelte sie immer noch an. Ihre Aggression hatte kein Ziel, verlor sich in Träumen vom Erschießen, Zerstükkeln, Hans zerstückelt in einem Plastikeimer, Hans nur Blut und Gewebe. Sie las über Claire Goll, wie sie ein Kind von Rilke abgetrieben habe, erinnerte sich an Hans' Vorliebe für Claire Goll, für Rilke, wie er mit Rilkes »Testament« fortgefahren, um »die Entscheidung« zu fällen – Welche Entscheidung, hatte Anna gefragt, ich denke, du hattest dich entschieden –, wie er ihr vorgeschwärmt von Claire und Ivan Goll, dem einmaligen Liebespaar, wie er ihr Liebesgedichte vorgelesen. Sie wusch ihren Kindern das Haar, gab ihnen trockene

Waschlappen, daß sie sich die vor die Augen hielten, hob die Kinder aus der Wanne, trocknete ihre warmen Körper, holte frische Kleidung. Jürgen sagte: dann muß ich ja wohl langsam das Zeug besorgen, sie phantasierte immer noch, LSD werde ihren Schmerz gleichsam ein für allemal herauskristallisieren. Wie man ihr »es« (Embryo?, Fötus?, Kind?) heraussaugte, weinte sie lautlos, kniff die Augen zu, warum hatte sie sie nicht weit geöffnet?
Sie wollte Jürgens Gesicht endlich unverstellt sehen von ihrer fixen Idee Hans. Du riechst immer gut, sogar Knoblauch mag ich an dir, das will schon viel heißen, sagte Jürgen. Sie hockte auf seinem Leib, seine Brustwarzen wuchsen unter ihren Händen, sie hätte ihn fragen mögen: Bleibst du auch wirklich da? Sind deine Worte ernst? Mußte sich zum Vertrauenkönnen zwingen, lief in der Wohnung herum, ein tollwütiger Fuchs in Panik, wenn er zwei Stunden später zurückkam als versprochen. Sein Gesicht duftete nach Margueriten von der Waschemulsion, die sie ihm gekauft hatte gegen seine Pickel, sie umarmten einander, erzählten sich von Träumen, von der Kindheit, wie er früher Angst gehabt, schwul zu sein, wie er als Junge beim Doktorspielen mit dem Schulfreund vom Vater erwischt, geschlagen worden sei, sie fühlte sich geliebt, wie er sich ihr anvertraute. Er fragte sie, ob sie glücklich sei, sie sagte ja, er sagte: ich bin immer glücklich mit dir, aber wenn du glücklich bist, bin ich erst richtig glücklich. Wörter und Sätze von Jürgen hafteten in ihrem Gedächtnis, ließen sich abrufen, machten sich selbständig. Wörter, Wörter! Was sind Wörter? hatte Jürgen gesagt. Hans' Wort-Bruch machte sie hellhörig für den doppelten Boden der Wörter – »wir werden uns immer wiedersehen«. Hast du noch was zu trinken?

fragte Jürgen, sie holte Wein aus dem Kühlschrank. »Kaum drehe ich mich einmal um, schon ist die Flasche leer.« – »Ich kann keine volle Flasche sehen.« Sie merkte nicht, daß sie längst trank wie Jürgen, gegen sein Trinken redete wie gegen ihres.

Am Morgen erbrach er sich, war blaß und hustete, aß nicht, rauchte nur, Anna sagte: Rauch doch nicht auf nüchternen Magen. Er kam von der Arbeit zurück, hatte vor den Füßen des Vorarbeiters wieder erbrochen, der hatte ihn ausgeschimpft, warum er überhaupt zur Arbeit gekommen, ihn nach Haus geschickt. Nun saß er bei Anna in der Küche, Anna hatte gleich Angst, die Zeiten mit Gottfried könnten sich wiederholen. Der Arzt schrieb Jürgen krank für eine Woche, er war den Tag über bei ihr, sie mischte ihm Rotwein, zwei Eigelb, Honig, ein Getränk, das Hans ihr einmal bereitet, als sie mit 40 Fieber krank gelegen hatte. Am dritten Tag war ihm schon besser, er sagte, er könne zur Verhandlung gehen, war als Zeuge geladen, sollte einen früheren Kumpel entlasten. Wolfgang habe Autos geklaut, in den Iran verschoben, er, Jürgen, solle seine Unzurechnungsfähigkeit am fraglichen Abend bezeugen, aussagen, daß er gesehen, wie jemand Wolfgang LSD in den Kaffee getan. »Ich werde aussagen, daß ich mich nicht mehr an den Tag vor einem Jahr erinnern kann, ich leiste keinen falschen Eid. Ich will mit diesen Leuten nichts mehr zu tun haben.« Anna war mit der kranken Rosemarie allein, das Kind ordnete Klötze im Wohnzimmer zu schönen Gebilden, lachte, bat sie, ihr das Funktionieren des Kassettenrekorders zu erklären. Mittags rief Jürgen an, die Verhandlung sei zuende, es regne, im Moment sei Trampen zwecklos, er gehe noch zu Christian, der ebenfalls als

Zeuge geladen war, um drei Uhr werde er wohl zurück sein. Gegen drei ging Anna in den Supermarkt hinunter, um Reval Filter zu holen, sie stand an der Kasse, die Verkäuferin wog noch Schinken und Rauchfleisch für sie ab. Wie sie dastand und wartete, sah sie hinter der Eingangstür Jürgen, er suchte sie, kam schwankend ins Geschäft, nahm sie gleich in den Arm. »Was ist mit dir?« – »Ich bin betrunken.« Die Verkäuferin kam mit Rauchfleisch und Schinken, Anna flüsterte: Geh schon mal nach oben. Anna bezahlte mit niedergeschlagenen Augen, rannte mit dem Korb die Treppen hinauf in die Wohnung, rief Jürgen, Jürgen, sah in alle Zimmer, fragte die Kinder: War Jürgen nicht hier? Sie lief zurück ins Treppenhaus, er war höhergestiegen, hatte die Tür nicht gefunden, fiel ihr fast in die Arme. Was ist los?, fragte sie wieder, sah sein zerstörtes Gesicht, so sah er nicht aus, wenn er getrunken hatte, die Sätze kamen stammelnd, dumpf. Als sie ihn in die Wohnung zog, sagte er: Ich fühle mich wie auf Trip. »Hast du was genommen?« – »Nein ... Ich glaube nicht ... Nein, bestimmt nicht ... Vielleicht hat mir einer was reingetan.« Er fiel in einen Sessel, Anna setzte sich zu ihm, rauchte, sah ihn an. Seine Augen dumpf, verwirrt, abwesend, voll Angst, seine Gesichtszüge verzerrt, er strich sich mit der Hand im Gesicht herum. »Ich weiß nicht, was mit mir ist ... Die wollen mich umbringen.« – »Wer will dich umbringen?« – »Ich weiß nicht.« – »Willst du nicht zur Polizei gehen?« – »Nein, nein, nein.« – »Hast du was verbrochen?« – »Nein, nein ... ich will nicht in'n Knast.« – »Was ist los? Erzähl bitte, was passiert ist.« – »Ich weiß nicht.« – »Hast du wieder mit Drücken angefangen?« – »Nein, ich habe nichts genommen. Ich weiß nicht. Ich kann mich nicht mehr erinnern.« Er strich sich dauernd krampfhaft übers Gesicht, über die Stirn, Anna konnte es nicht mit ansehen. »Ich hole einen Arzt.« – »Nein. Ich will nicht wieder in'n Knast. Ich will nicht in'n Knast.« – »Ein Arzt ist doch keine Polizei, es gibt eine ärztliche Schweigepflicht.« – »Ich will nicht zum Arzt.« Das Krankenhaus war nicht weit, ein paar Schritte. »Du gehst jetzt mit zur Ambulanz, ich will keinen toten Mann. Nachher kriegst du einen Kreislaufkollaps.« Er ließ sich überreden, ging benommen, langsam, sie wollte ihm in die Lederjacke helfen. »Du behandelst mich wie ein Kind.« Sie wurde wütend, sagte: Ich bin nicht deine Mutter. Wenn *ich* so wäre, würdest du mich auch zum Arzt schleppen! Auf der Straße schämte sie sich vor den Leuten, wollte schnell gehen, sie hatten sie schon mit Gottfried gesehen, sie wollte, es hätte ein Ende. Jürgen hatte den Arm um sie gelegt, blieb stehen, küßte sie. Versprich mir, sagte er. Sie wußte nicht, was sie ihm versprechen sollte. Hinter der weißen Tür im EKG-Raum ist ein Arzt, sagte die Pförtnerin. Im Raum war niemand, aber der Arzt kam, sie kannte ihn, er hatte Niels behandelt. Ich weiß nicht, was mit ihm los ist, sagte sie. »Er war heute morgen beim Gericht, er sagt, der Angeklagte, den er nicht entlastet hat, will ihn umbringen.« Der Arzt war ruhig, fragte: Was haben Sie denn getrunken? »Vier oder fünf Whisky mit Cola.« – »Trinken Sie öfter?« Jürgen antwortete schleppend, in Satzbrocken. »Manchmal.« Mäßig, deutete der Arzt, Jürgen zuckte die Schultern. »Ich habe früher Rauschgift genommen.« – »Haben Sie eine Entziehung gemacht?« – »Nein, nein . . . Das habe ich auch nicht vor.« Er sollte sich hinlegen, der Arzt maß den Blutdruck, er sei normal, prüfte die Reflexe an Augen und Knien. »Ich nehme an, daß der Alkohol in Verbindung mit der psychischen Streßsituation Ihren Zustand erzeugt hat.« Er holte ein Medikament, wandte sich an Anna: Ist er allein zu Haus, oder ist jemand da? »Ich bin da. Aber ich habe Angst. Wenn er betrunken ist, wird er ruhig und schläfrig, niemals so verwirrt.« – »Wenn es bis heute abend nicht besser wird, kommen Sie wieder, dann kann er die Nacht hierbleiben, und wir beobachten ihn.« Zu Hause zog Jürgen sich aus, legte sich ins Bett, Anna in Kleidern zu ihm. »Ich bin ganz durcheinander.« Sein Gesicht immer noch verzerrt, sie konnte sich kein Bild machen. »Ich fühle mich auf Trip.« Wenn sie neben ihm lag, drang sie in ihn, wollte Erklärungen seines Zustands. War vor Angst ganz kühl und ruhig, er sagte, er habe nur fünf Whisky mit Cola getrunken. Die Kinder liefen ins Schlafzimmer, fragten. »Jürgen geht es schlecht, geht bitte spielen.« Niels legte sich zu Jürgen, schmiegte sich in seinen Arm, sagte: Ich habe euch beide gleich lieb. Das Kind lag ruhig da, schaute mit großen Augen. Jürgen drückte ihn, sagte: Gehst du bitte ins Kinderzimmer spielen? Niels küßte ihn, lief hinaus. »Du vertraust mir nicht, du glaubst mir nicht. Du hast mir nie vertraut.« – »Ich vertraue dir. Ich bin nicht dein Vater, der dir nie etwas Gutes zugetraut hat.« Immer wieder drang sie in ihn, ob er wieder LSD geschluckt, sich einen Schuß gesetzt habe, die Süchtigen konnten fast naiv lügen, sie merkten es nicht einmal mehr. »Ich weiß, ich habe mal gesagt, wenn du wieder anfängst, ist Schluß mit uns. Aber du weißt, daß das Blödsinn ist.« – »Du vertraust mir nicht.« – »Ich sehe es dir an, du hast was genommen. So siehst du nicht aus, wenn du besoffen bist.« Sie wollte sich ein Bild machen, er wiederholte alles. »Hast du ein Schuldgefühl, daß du gegen Wolfgang ausgesagt, ihn nicht rausgerissen hast, immerhin war er ja mal dein Kumpel?« – »Nein, das war richtig so. Der Richter war viel zu klug, stellte die richtigen Fragen.« Seine Sätze kamen immer noch dumpf und schleppend, so hatte sie Gottfried unter Tabletteneinwirkung stammeln gehört mit narkotisierter Zunge, es war nicht das Lallen eines Alkoholisierten. Er drängte sich an sie, wollte ihre Nähe. »Ziehst du dich bitte aus.« Wie sie sich auszog, sagte er: Jetzt komme ich mir vor, als hätte ich dir Geld gegeben, verbesserte sich gleich: So meine ich es nicht. Sie verstand nicht, sie legte sich neben ihn, er nahm sie in die Arme. »Beeinträchtige ich dich jetzt?« – »Nein! Du würdest dich genauso um mich kümmern, wenn es mir dreckig ginge.« – »Jetzt liebst du mich nicht mehr? Ich hab dich so lieb, so lieb.« – »Natürlich liebe ich dich.«

Immer wieder fragte er, ob sie ihn liebhabe, redete dann von »der Entscheidung«. Welche Entscheidung? fragte sie. »Ich muß mit den Leuten Schluß machen.« – »Ich denke, du hast mit den Drogen Schluß gemacht, dann wirst du doch auch mit den Leuten fertig?« – »Ich will nicht von denen immer angemacht und angefixt werden. Ich will meine Ruhe.« – »Ich denke, du hast denen gesagt, daß Schluß ist?« – »Heute abend muß ich die Entscheidung haben. Du kannst mir dabei nicht helfen. Die halten mich für verrückt, weil ich normal bin. Sitzen stundenlang, zerbröseln den Shit, jagen sich einen Schuß rein, machen sich lustig übers Zigarettenrauchen. ›Alles ist ja so günstig, jovel, alles ist günstig!‹ Einmal möchte ich denen die Meinung sagen.« Sie hatten nüchtern darüber gesprochen, daß der Süchtige nicht nur abhängig von

»H«, Acid, Shit sei, sondern in der Sucht Gesprächs-Stoff, Beziehungen finde. *Die Süchtigen saugen gleichsam aus einander die schlechten Stoffe ihres Daseins an; sie wirken aufeinander kathartisch.* Aber sein Zustand war nicht, um Erklärungen abzugeben. Er zog sie auf sich, sie sollte ihm nah sein, er drang in sie ein, sie befreite sich sanft. Er suchte Nähe. Wie sie auch in ihn drang, es kamen nur die gleichen Sätze: Ich weiß nicht, ich kann mich nicht erinnern, vielleicht hat mir einer was reingetan, ich fühle mich wie auf Pille, ich weiß nichts mehr. Und immer noch das verzweifelte, gequälte Streichen der Hand über Stirn und Augen, das Gesicht war ein wenig entspannter geworden, die Augen noch dumpf, kaputt. Deine Augen, sagte sie. »Es ist so schwer, mit dir glücklich zu sein. Ich muß mich von den Leuten trennen, heute abend mache ich die Entscheidung.« Die Entscheidung, die Entscheidung, das Wort machte sie wild. »Ich dachte, du brauchst noch ein paar Monate, um dich von den Leuten zu trennen?« – »Nein, die Entscheidung ist heute abend.« – »Am liebsten möchte ich dir ein paar Valium geben, daß du schläfst.« – »Vertraue mir doch einmal, du vertraust mir nicht. Ich muß da heute abend hin.« – »Eine Entziehung von Menschen?« – »Vielleicht.« Er fragte, wie spät es sei, er wollte aufstehen: Ich muß da heute abend hin! Er taumelte noch, sagte, es gehe ihm besser. Wenn ich im Krankenhaus liege, werde ich noch mit letzter Kraft unsere Telefonnummer flüstern, daß sie dich anrufen, sagte er lächelnd.

Anna blieb unruhig zurück, kümmerte sich um die Kinder, las ihnen zum Einschlafen die Geschichte vom Hund Simp, den niemand haben will, vor, ruhig, langsam, deutlich, ihre Gedanken waren woanders. Die Kinder schliefen bald ruhig, sie setzte sich vor den Fernseher, sah Bruchstücke einer Komödie, nahm nichts auf, rief Martha an. Als sie im Bus zu Martha fuhr, erinnerte sie sich der Geschichte einer Hure, die sich dem Gewerbe entzogen hatte und jahrelang verfolgt worden war von ihrem Zuhälter. Gibst du der Sucht den kleinen Finger, so nimmt sie gleich den ganzen Menschen, dachte sie. Martha hörte ihr zu, erzählte, wie Hermann sich erst von Heroin gelöst in einer Klinik, wo er zehntausend Hähnchen am Tage habe schlachten müssen. »Vielleicht hatte Jürgen ein flash-back. Du weißt, das Gehirn speichert die Erlebnisse auf dem Trip, ganz wird er das nie los. Immerhin hat er fast zweihundert Linsen geschluckt.« – »Ich erinnere mich an einen Abend. Er hatte Wodka getrunken. Plötzlich hatte er ein so komisches Gesicht, so kaputte Augen. Wie ich ihn fragte, sagte er, alles verbiege sich vor seinen Augen, er sehe Wölbungen, Farben, höre Töne. Ich begriff, er konnte mit Alkohol andere Geister wecken, ohne gerade Shit, LSD oder ›H‹ genommen zu haben!« Als Anna nach Haus kam, lag Jürgen schon im Bett, das Licht brannte, sie legte sich zu ihm. »Ich habe solche Angst, kannst du jetzt zehn Minuten noch für mich dasein?« Er war todmüde, in ihr hatte sich alles gestaut, langsam wich die Kälte der Verstörtheit, Panik kam in ihr hoch. Er sagte, er wolle ihr noch zuhören, nach Annas erstem Satz sackte er weg in den Schlaf, sein Körper zuckte im Einschlafen, sie lag wach, grübelte. Am nächsten Morgen wußte er von nichts, sie mußte ihm alles erzählen, er hörte ihr zu, als spreche sie über einen Dritten. Ging mit den Kindern am Nachmittag ins Freie, sagte, sie solle sich ausruhen. Sie saß am Schreibtisch, rauchte, war unruhig, ihr schien der Vortag plötzlich ein

Traum. Er erinnerte sich an nichts, auch wenn sie es ihm erzählt hatte, vergaß er gleich. Ihr Gedächtnis aber war wie ein Tresor, alles blieb bewahrt, speicherte sich, sie mußte noch ersticken vor all dem aufgeschichteten Erinnerten.

Ihr schien plötzlich, als lebte sie, wie Jürgen, in einer andern Art langdauernder Entziehung. Die Angst überfiel sie, daß die Bilder von Hans, wie ein flash-back, unwillkürlich immer wiederkehren und sie nie in Ruhe lassen würden. Sie setzte sich an den Schreibtisch, suchte den ersten Satz, wollte von Jürgens flash-back, von seiner Verstörung schreiben. Ihr war das Erlebte durch den Abstand von Stunden schon wieder so fremd geworden, daß es lächerlich gewesen wäre zu sagen: Ich habe dies erlebt. Sie hätte es niemandem erklären können: Jede Sprachfindung war für sie ein ungeheuerliches Ereignis. Ob es sich dabei um »Erlebtes« oder um »Erfundenes« handelte, war fast gleichgültig. Die Grenzen zwischen Erlebtem und Erfundenem ließen sich nicht mehr ziehen. Auch nur einen Satz zu finden, war mühsam. Jürgen würde die Verstörung seines flash-back schon übermorgen vergessen haben. Er würde sein »Erlebnis« nicht aufbewahren. Keine Sprachschichten würden daraus entstehen. Die Menschen, die von Kindesbeinen an über Sprache verfügt hatten, würden nie verstehen, was es Anna bedeutete, überhaupt einen einzigen Satz zu schreiben. Jürgen und auch Anna kamen von Menschen her, die ihre Erinnerungen höchstens in Form von Familienfotos aufzubewahren pflegten. Das waren dann stehende Erinnerungen, abgelichtete Erinnerungen. Anna filterte die Erlebnisse durch ihr Denken. Die Erlebnisse waren für sie wie für die Bienen die Blüten. Dem Honig konnte

man die Herkunft aus Tannen- oder Rapsblüten noch anmerken, man konnte sie schmecken und riechen. Schmetterlingssammlerin hatte Gottfried sie einmal genannt. Aber hieß Beobachten, hieß Schreiben nicht auch Lieben? Die andern sprachen von Ausbeuten, von Ausschlachten. Wollten sie ihr die Gemeinschaft aufkündigen? Wollten sie sie nicht leben lassen? Sie leben lassen, hieß sie schreiben lassen. Sie mit ihnen leben lassen, hieß sie über sie schreiben lassen. Wie Max Frischs Frau hatte Jürgen gesagt: Über mich schreibst du nicht! Anna hatte immer über Menschen geschrieben, die fort, tot waren. Sie wollte nicht, daß Jürgen verschwände. Die Schmetterlingssammler spießten die schönen Schmetterlinge auf, um ihre Schönheit zu besitzen. Anna tötete die Menschen, von denen sie schrieb, um ihre Schönheit, die einzelnen Mosaiksteinchen ihrer Existenz in der Sprache zusammenzusetzen und zu besitzen. Etwas von Töten war in jedem Schreiben. Distanz. Kälte. Das arbeitende Schriftstellergehirn. Sie hatte am Bett der Großmutter gesessen, eine trauernde Enkelin. Zugleich war sie Beobachterin gewesen, Studentin des Sterbens. Sie erinnerte sich, wie sie zur Mutter gesagt hatte: Ich möchte bei dir sein in deiner Sterbestunde. Du willst nur über mich schreiben, hatte die Mutter abwehrend geantwortet.
Um etwas zu schaffen, mußte man immer auch etwas stehlen. Sätze und Gesten der andern. Dafür gab es doch kein Copyright. Es war Annas Vermögen zu hören, zu sehen, zu fühlen, zu erinnern, zu denken. Das durften die andern ihr nicht streitig machen. Aber viele gingen eher unerkannt herum und wollten nicht, daß sie über sie schriebe, als daß sie eine kleine unangenehme Wahrheit über sich ertragen hätten. Bilder erschienen vor ihr,

Bilder aus den Tagen mit Hans. Sie hatte mit ihm das Museum Hauff in Holzmaden besucht. Ein Fischsaurier war aus dem Schiefer freigelegt, mit einem bereits geborenen Jungen und fünf Embryonen im Leib. Sie hatte staunend davor gestanden. Sie sah ein Bild ihres Schreibens: Abtötung mitten in einer Entwicklung. Nach dem Museumsbesuch hatte sie Hans zu einem Interview nach Waldenburg begleitet. Am Eingang des Ortes hatten sie an einem Friedhof Halt gemacht, die Sonne schien, sie gingen über den mit Lärchen bewachsenen Friedhof. Lärchen bewegten ihre Kronen im leichten Wind gegeneinander, Hans sagte: das gibt ein beinernes Geräusch, deswegen sind Lärchen die richtigen Bäume für einen Friedhof. Hier muffelt es wenigstens nicht so nach Leichen wie auf dem Ohlsdorfer Friedhof, hatte er gesagt. Anna fand eine Grabinschrift: Gisela Schmidt, geb. Korb, mit Kind, 1939 – 62, sie hatte gerätselt: ist die Frau schwanger gestorben?
Sie flüchtete sich vor den Vorstellungen ins Bad, zu Jürgen, das Bad war wieder der Ort, der ihnen Wärme gab, Hautnähe, Nähe. Sie lagen zusammen in der Wanne, sie bäuchlings zwischen seinen Schenkeln, ihr Gesicht auf seiner Brust, die Haube über den Haaren, das Wasser reichte ihr zum Kinn, sie streichelte Jürgens Haut, das Wasser ging auf und ab. Bewegung des Wassers von der Bewegung der ineinandergeflochtenen Körper. Sie hörte sein glückliches Atmen. Dann lag sie im Schlaf, träumte, wie sie Bertha zur Absaugung begleite, Bertha wehrte sich, Anna hielt sie am Arm, führte sie in den Hörsaal einer Universität. Zuschauer saßen in den aufstrebenden Bänken, wie zu einer Anatomiedemonstration, Frauen legten Bertha auf einen Demonstrationstisch, Anna setzte

sich in die erste Bank, saß dort allein. Die Frauen zogen Berthas Schenkel auseinander, schabten etwas heraus aus ihrer Scheide, ohne jegliches medizinisches Besteck, wollten beweisen, daß es *nichts* war, und kurz und schmerzlos, Anna erkannte in einer der Frauen eine bekannte Frauenrechtlerin, mit nüchternem, halb triumphierendem Blick hielt sie den stummen Zuschauern ein Bündel hin, das sie aus Berthas Gebärmutter gezogen, sagte laut in die Stille: Wir haben alle im Kopf schon -zigmal abgetrieben! Sie hielt ein Stoffbündel in der Hand, ein Stoffsäckchen, unblutig, sauber, leinenweiß. Anna sah es groß vor Augen im Traum, schämte sich ihrer Angst: Es ist *nichts!* Am nächsten Morgen hatte Jürgen wieder Fieber, saß in Decken eingehüllt am Küchentisch, sie kochte Lindenblütentee, bereitete ihm ein warmes Bad, sagte, er solle schwitzen. Rosemarie nieste ins Essen, Jürgen fuhr aus der Haut, ihm vergehe der Appetit. Anna quälte seine Geduldlosigkeit. Niels wollte nicht essen, hatte vorher die Mutter gefragt: Wann machst du endlich Essen? Die Kinder zappelten auf den Stühlen, Anna spürte, wie Jürgen immer noch die Kinder wie Fremde ansah, sie fühlte sich in den Kindern verneint, er sagte, wie sie mit ihm allein in der Stube saß: Entschuldige meine Nervosität, meine Nerven gehen manchmal durch. »Ich kann nicht in vier Monaten der vollkommene Papa sein, hab Geduld mit mir.« Sie lachte: Papa! Papa! So nenne ich meinen eignen Vater. Sie sprachen vom Schreiben, Jürgen hatte angefangen, ihre »Hebammengeschichte« zu lesen, in der sie den Konflikt einer Hebamme, die ein mißgestaltetes Kind zur Welt gebracht, beschrieben hatte. Sein Interesse war ihr mehr wert als das Lob von zehn Kritikern. Sie sprach von ihrer

Müdigkeit, wie sie auf sich gestellt, aber unselbständig sei, wie sie morgens so mühsam in Gang komme, allein für sich zu Haus, ohne Anregung eines Kollegenkreises, Heimarbeiterin, die dann wieder Reisen machen, zu den Leuten sprechen, in öden Hotels hausen müsse. Er sagte: Dann wechsle den Beruf. Wenn ich invalid werde, muß ich auch umschulen. Sie sah ihn entsetzt an. »Ich werde wieder Hebamme, dann habe ich einen Halt.« – »Ich sehe dich gern als Schriftstellerin.« Doch hatte er ihr oft gesagt: Ich liebe dich als Anna, nicht als Schriftstellerin.

Am Abend ging Jürgen zu Peter, Shit zu holen, von LSD war nicht mehr die Rede, Anna wollte nie mehr, nach seinem flash-back, mit Jürgen von dem Trip sprechen, den sie nehmen wollte. Bobbe würde ihr besorgen, was sie wünschte. Wie sie allein im Zimmer saß, panisch, weil die Tür ins Schloß gefallen war, fühlte sie sich sogleich verlassen – dieses Geräusch der ins Schloß fallenden Tür. Es klingelte. Bobbe stürmte herein, legte gleich eine Scheibe auf, »Cocaine« von J. J. Cale, behauptete, mit dem Drücken aufgehört zu haben, sie glaubte ihm nicht, er sprang von einem Gedanken zum andern. »Seit du mich zurückgewiesen hast, habe ich mit sechs Mädchen geschlafen. Es ist ein Machtgefühl, ich gehe in die ›Lila Eule‹, sehe ein Mädchen an, brauche nur zehn Minuten mit ihr reden, schon geht sie mit, wenn ich will, auch wenn ihr Freund neben ihr steht.« Er baute sich eine Pfeife, paffte in süchtigen Zügen, das Zimmer war bald von Shitgeruch und -rauch erfüllt. »Ich habe aufgehört zu drücken, weil man davon impotent wird. Dazu ist mir die Liebe zu wichtig. Man kriegt wirklich keinen mehr hoch und verliert alles Interesse.« Er hatte sich das Haar frisch gewaschen, hell und weich fiel es ihm ins Gesicht. Er erkundigte sich nach Gottfried. »Ich gehe nie in die Suchtmühle.« Er fühlte sich, seit er in der Stadt wohne, als Gangster, wisse aber nicht, was er tun solle. »Ich kenne die wichtigen Stellen der Frauen, mit mir sind die immer glücklich.« Er fragte, ob er etwas essen dürfe, sie gingen in die Küche, er schmierte sich Brote. »Ich habe Angst, LSD-süchtig zu werden.« LSD-süchtig, hielt er sie für so unwissend? Jürgen erzählte ihr dauernd, wie Bobbe sich die Spritzen reinjagte. Bobbe bot ihr »H« an – Willst du nicht mal versuchen? –, als biete er Obst aus einer Obstschale an, sie konnte noch nein sagen. Er erzählte von einem Freund, seit langem arbeitslos, der Opiumkristalle gestohlen hatte, die für mehrere Jahre reichten. Wie er sich so in die Haschischwolke hüllte, wurde er warm im Reden. Ich muß dir eine heiße Story erzählen, sagte er. Schicker war er auf dem Mofa gefahren, einer Polizeikontrolle fast in den Wagen. Ein paar Gramm Shit fand man bei ihm, setzte ihn sechzehn Stunden in Untersuchungshaft, machte ihn mürbe, jagte ihm die größte Angst ein, Angst, wieder die Freiheit zu verlieren, er sah sich schon »in der Kiste«. Die Bullen hatten bei Wolfgang Zigarettenschachteln aus dem Toom-Markt gefunden, Wolfgang, der sie von Bobbe hatte, verriet Bobbe, die Bullen durchsuchten sein Zimmer zu viert, fanden reichlich Material, erpreßten ihn in der Untersuchungshaft. Wenn er bereit sei, Dealer zu verpfeifen, komme er auf freien Fuß, werde nicht dem Staatsanwalt vorgeführt. Bobbe wurde mit dem »Obergreifer« vom RD verbunden, mußte Namen nennen und Begriffe, um sich als »Fachmann« auszuweisen. Er entschloß sich, die Bestechung anzunehmen, nun saß er an Annas Küchentisch, redete sich von der Spannung los, wollte bestätigt haben, daß er kein Verräter, daß er nicht »link« sei. »Paß auf, daß die Bullen dich nicht benutzen und wegwerfen!« Er wollte die verraten, zu denen er selber gehörte, er hielt Daumen und Zeigefinger zusammen: Die sind mir *so*viel wert! »Vielleicht rettest du Leute vorm Tod.« Er hatte die Nummern dreier Beamter vom RD, sollte anrufen, wenn er wußte, wo, wann, wie Dealer zugange waren, ein gefährliches Spiel. Bobbe, der nie wichtig genommen worden war, fühlte sich wichtig, wie ein Seeräuber. Er saß am Küchentisch, erzählte von Speedy, einem Dreiundzwanzigjährigen, der im letzten Sommer an »H« gestorben war. Speedy war immer linker geworden, je abhängiger er vom »H« wurde, hatte immer wieder Leute abgezogen um Stoff oder Geld, einmal schlugen ihn die Geschädigten krankenhausreif. »Der hatte kein Gesicht mehr!« Drei Wochen lag er im Hospital, kaum setzte er den ersten Schritt heraus, warnte man ihn: Speedy, noch einmal, und du . . . Speedy zog wieder jemanden ab, Freunde und Brüder des Geschädigten kamen zu ihm, waren freundlich, luden ihn zum Trinken ein, machten ihn vollkommen betrunken, boten ihm bei sich zu Haus einen Schuß an: Guck mal, Speedy, was wir hier haben! Hielten ihm das Pulver vor die Nase, er griff danach mit glitzernden Augen, konnte nicht mehr die Vene treffen, sie boten ihm Hilfe an, setzten ihm den Goldnen Schuß, »zufällig ein bißchen zuviel«. Mord, sagte Anna, Bobbe: Wie man's nimmt! Wie er von Speedy erzählte, sprach er von seiner eignen Angst. Anna, erschöpft vom Zuhören, atmete auf, als Jürgen zurückkehrte. Bobbe erzählte noch einmal die Geschichte vom RD, wollte von Jürgen Bestätigung, Jürgen winkte ab: du stolperst in linke Sachen rein, die du nicht mehr übersehen kannst. Anna fiel halbtot ins Bett, dachte an Bobbe, wie sie angezogen war und abgestoßen, wie er »er« war, wie sie sich in ihm spiegelte, wie sie ihm helfen, wie sie sich wehren könne gegen das Angefixtwerden, wie sie ihn nach LSD fragen wolle, wie sie ihn vom Drücken abbringen könne, ja!, nein!, die Gedanken wirbelten in ihrem Kopf. Jürgen war angedrönt, hatte »Idiotenaugen«, wie sie seine Haschischaugen nannte, sagte: Morgen höre ich auf, trinke nur noch Wasser, gewöhne mir das Rauchen ab. Er legte die Zigarette weg, die er sich hatte noch anzünden wollen.

Am Abend darauf war Anna allein, ihr gingen die Erzählungen Bobbes nicht aus dem Sinn. Sie vertiefte sich in Benjamins Buch über Haschisch, das ihr Hermann geschenkt hatte. Sie wehrte sich gegen die Lockungen der scheinbar nüchternen Haschischbeschreibungen. Sie dachte an Bobbe, an Jürgen, wie da so gar kein Vergleich war zwischen den »Versuchsanordnungen« von Benjamin und der Lebensbedrohung ihrer Freunde. Dennoch wirkte das Buch auf sie betäubend. Die Selbsttäuschung Benjamins durchschaute sie und erlag ihr. War er nicht auch einsam, krank? War nicht jeder, der Drogen nahm, krank an seiner Seele? Konnte er sich nur, weil er ein Intellektueller war, herausreden auf die Bewußtseinserweiterung? Als sie später Jürgen das Buch zeigte, las er ein wenig darin, legte es aber bald weg, sagte: Damit habe ich nichts zu tun, das ist langweilig, der hat keine Ahnung. Sie stand dazwischen und fühlte sich gezwungen, sich ein Bild zu machen. Ihr war, als müsse sie dem Buch von Benjamin gleich auf den Grund gehen. Sie konnte sich nicht vormachen, daß sie Haschisch nur nehme, um sich selbst zu erforschen. Sie fühlte sich schlecht. Benja-

min konnte sich seine Krankheit nicht zugestehen. Sie wollte allein fortgehen und über die Erinnerungen, die sie quälten, verfügen. Einiges wollte sie ganz vergessen – da wollte sie sich betäuben –, anderes sollte wiederkehren. Sie wollte der Erinnerung nicht weiter so schutzlos ausgesetzt sein. Es gelang ihr noch nicht, die Erinnerungen literarisch abzutöten und Kunst daraus zu machen. Sie drängten sich immer wieder vor wie blanke Messerspitzen und ließen sich nicht entschärfen.
Sie ging ins »Odéon«, Jürgen war mit seinen Freunden. Sie fühlte sich allein, obwohl sie nicht dauernd mit ihm zusammensein konnte und wollte. Es fiel ihr alles so schwer: zu denken, zu fühlen, alles zusammenzutun zu einem Verständnis. Im »Odéon« sah sie bedrönte Jünglinge. Einer hatte seinen Schäferhund neben sich, turnte auf dem Stuhl herum, sang vor sich hin, lächelte narzißhaft nur für sich. Sie fragte ihn leise, ob er Shit habe. Ihr war, als frage ein fremder Teil in ihr. Wenn Jürgen sie so sähe! Kann ich im Moment nicht vertragen, sagte der Junge. Sie ging in den Billardraum, sprach die Leute an, fragte leise. Beim dritten Mal hatte sie Erfolg. Ein schwarzhaariger, schwarzbärtiger Araber sagte: Komm mit uns, wir wohnen gleich um die Ecke. Sein Gesicht war von schwarzem Haar wie zugewachsen. Neben ihm stand seine blonde Freundin, ein dickes, warmherzig wirkendes Mädchen. Anna sagte: Okay, ich warte am Eingang auf euch. Sie ging schwankenden Schrittes zu dem Jungen mit dem Schäferhund zurück, er wollte mitkommen. Sie hatte Valiumtabletten genommen, Wein getrunken. Sie ging fast willenlos mit den dreien. Der Araber wollte ein Taxi nehmen. Als Anna im Taxi saß, überfiel sie das Gefühl einer Gefahr. Sie sagte nichts. Sie

lächelte. Sie stieg mit den andern aus, folgte ihnen in das Souterrain eines Mietshauses. Der Araber gab dem Mädchen Befehle: Stell die Musik an, hol Kerzen her, gieß Wein ein. Sie befolgte alles ruhig. Anna saß neben dem Araber im Halbdunkel. Ihr schräg gegenüber der Jüngling mit dem Schäferhund. Ihr gegenüber am Tisch das blonde Mädchen. Anna fragte das Mädchen nach ihrem Beruf. Sie sei Krankenschwester gewesen, nun aber nur noch in der Küche tätig. Der Araber sagte, er brauche nicht zu arbeiten, er lebe von Luft und Liebe, lächelte dabei vieldeutig. Anna nahm nichts mehr richtig auf. Der Araber flüsterte ihr etwas zu. So gewinnt man Mädchen für die Fixe, schoß es Anna durch den Kopf. Der Gedanke verlor sich gleich wieder. Sie nahm es nicht einmal als Beleidigung oder als Drohung, als der Araber ihr zuflüsterte: Ich möchte mit dir schlafen. Der Araber verteilte braune Stückchen. Der Jüngling mit dem Schäferhund und die Freundin aßen nicht mit. Dann ließ der Araber den Joint rundgehen, und Anna zog zum ersten Mal richtig daran, wie sie es immer bei den anderen gesehen hatte. Sie sog den Rauch tief ein, hielt ihn lange in der Lunge und stieß ihn langsam wieder aus. Sie nahm mehrere tiefe Züge. Schlagartig überkam sie Panik. Das Zimmer wurde zu eng. Sie mußte raus. Sie brauchte frische Luft. Sie fühlte sich wie in einem Sack gefangen. Sie versuchte aufzustehen. Wie sie zur Tür gekommen war, wußte sie später nicht mehr. Sie wurde ohnmächtig auf dem Weg. Sie wachte auf und lag lang auf dem Boden. Das blonde Mädchen hielt sie links, der Araber rechts. Sie sah vor sich den Schäferhund und den Jüngling. Glaubte, er wäre ein Krankenwagenfahrer. Hatte sie einen Unfall gehabt, hatte sie keine Glieder mehr? Sie klammerte sich an der Hand des Mädchens fest. Das Mädchen war nüchtern, das war das einzige, was sie sicher fühlte. Der Araber sagte mit schmeichelnder Stimme: Du kannst ruhig hier bleiben. Anna flehte die Frau an, ein Taxi zu rufen, sie flüsterte immer wieder Berthas Adresse. Als die Frau zum Telefon ging, hatte Anna Angst, sie könnte nicht wiederkommen und der Araber und der Junge mit dem Hund würden sie überfallen. Sie flüsterte immer wieder: Ich muß hier raus! Die Frau ist durchgedreht, hörte sie den Jüngling sagen. Sie stolperte irgendwie nach draußen, sagte dem Taxifahrer Berthas Adresse. Sie sah Berthas Wohnung erleuchtet. Sie schwankte, fiel durch die geöffnete Tür. Sie klammerte sich an Bertha. Sie weinte endlich, schluchzte. Berthas beruhigende Stimme fragte immer wieder: ist was mit den Kindern? Mit Jürgen? Ist was passiert? Anna konnte nicht sprechen. Bertha sagte später, ihr Gesicht wäre blauweiß gewesen, mit harten Falten. Anna hatte keine faßbaren Erinnerungen. Das Haschisch hatte sie ins Nichts abstürzen lassen. Bilder hatte sie nicht gesehen. So mußte es sein, wenn man starb: so langsam wegschweben. Ein ungeheurer Angstzustand, weil man nicht weiß, wohin es geht. Alles ist eng, man ist in einen Sack geschnürt und sieht immer noch die Welt, wie sie vor den Augen wegschwindet. Man ist nicht hier und nicht dort. Sie wollte nicht mehr sein, und es war schmerzhaft, so nicht mehr sein zu können. Gleichzeitig wünschte sie wie nichts auf der Welt, wieder den Boden unter den Füßen ganz nüchtern spüren zu dürfen. Sie war froh wieder zu sein, als sie wieder bei sich war. Berthas Stimme holte sie langsam, ganz langsam zurück aus der Verstörung. Bertha hielt ihre Hände, streichelte ihr Haar, und Anna nannte sie

»meine gute Mutter«. Das half. Sie war abgefahren und kam langsam wieder zurück. Ihre Züge glätteten sich. Bertha brachte sie nach Haus. »Kann ich dich jetzt allein lassen?« Anna hatte keine Angst mehr, nur einen schlagartigen Heißhunger, sie ging in die Küche und aß Brot wie ein verhungertes Tier. Verstandesgemäß kamen nun wieder die Erklärungen, die Fragen. Ob es Jürgen ebenso ergangen war? Ob er auch, wie sie, das Todnahe im Shitrausch gespürt hatte? Ob er den Tod seines Bruders im Shitrausch nacherlebt hatte? Hatte nicht Benjamin seinen Haschischrausch als »Versuchsanordnung« nur getarnt?

Am nächsten Morgen, als Jürgen und die Kinder fort waren, rief Annas Mutter an: Unsere Oma ist heute vormittag sanft eingeschlafen. Anna erstarrte. »So schläft sie am besten, einmal müssen wir ja alle sterben, hat Großvater gesagt. Da denkt man, es ist schon so lange gegangen, es wird immer weitergehen. Ich habe sie zuletzt im Krankenhaus besucht am Sonntag, heute wollte ich wieder zu ihr mit Großvater. Sie hat ja kaum noch geguckt, hat gar nichts mehr gegessen, hat sich für keine Post mehr interessiert. Großvater sagte immer: Die Post nehme ich nicht mit, sie achtet nicht darauf. Sie war sehr apathisch und gleichgültig, bekam jeden Tag ein Rohr in den After, damit die Luft abging.« – »Hat sie noch von mir gesprochen?« – »Nein. In der letzten Zeit redete sie nur noch von Vater ... Es ist immer noch zu früh, wenn einer stirbt. Wenn du heute oder morgen kommen willst ... Wenn du sie nochmal sehen willst ... Großvater war ja in letzter Zeit ziemlich angebunden. Wenn ich da bin, macht sie die Augen zu, sie will aber, daß ich da bin, sagte er. Als ich die Nachricht vom Krankenhaus kriegte, war ich zufällig zu Haus von der Arbeit. Ich suchte ihre Geburtsurkunde, die Heiratsurkunde, fand sie nicht, war so sehr verwirrt.« Meine Großmutter ist tot, sagte Anna, kommst du mit morgen, sie noch – besuchen? Ich mag keine Leichen, sagte Jürgen. »Ich kenne die Frau doch gar nicht, was soll ich da?« Sie bat ihn mitzukommen, er ließ sich überreden.

3

Mitten in den Frühling hinein, einige Tage vor ihrem 82. Geburtstag, starb die Großmutter. Am Tag vor ihrem Tod war Anna mit Jürgen, Hermann, Martha und den Kindern in den Baumbergen spazierengegangen, Martha hatte grüne Äpfel verteilt, Anna fotografierte: die Kinder auf einem Stamm, Martha, Hermann, Jürgen und die Kinder auf dem Waldweg, Jürgen sitzend, eine Shitpfeife bauend. Der Wald hatte sein neues Grün unter braunem trocknem Herbstlaub versteckt, Anna umarmte blattlose Stämme: So kriege ich die Kraft der Bäume. Die andern lachten sie aus. Sie hatten mit den Kindern das Baum-Versteck-Spiel gespielt, ein Kind stellte sich an einen Baum, zählte bis dreißig, inzwischen versteckten sich die andern hinter den Bäumen, die weit auseinander und blattlos standen, Anna hatte sich hinter einen Baum gesetzt, lehnte den Kopf an den Stamm, streckte sich im alten Laub aus, als das Kind sie fand. Am nächsten Tag fuhren sie in Annas Heimatort, die Großmutter in der Leichenkammer zu besuchen, Hermann am Steuer. Unterwegs hielten sie Rast, Anna wollte den andern eine »tausendjährige Eiche« zeigen. In einer Talsohle der

Baum, der längst nur noch durch Betonprothesen und Gerüste zusammengehalten wurde, Anna und Jürgen umarmten einander vor dem Baum, küßten sich, Hermann fragte belustigt: Wieviel Männer hast du schon vor diesem Baum geküßt? Keinen, sagte Anna, nach einer Denkpause: Mit Gerhard habe ich vor vielen Jahren auf der Bank dort gesessen, vielleicht hat er mich geküßt. Jürgen küßte sie wieder, sagte: In sechs Tagen gehe ich fort zur Montage, bleiben wir trotzdem zusammen? Sie fuhren zum Friedhof, suchten die Leichenhalle. Jürgen und Hermann blieben mit den Kindern im Wagen, Jürgen wollte mit Leichen nichts zu tun haben. Anna ging um die Leichenhalle herum, fand keine offene Tür. Sie sah eine Gärtnerin über den Friedhof kommen, fragte nach der Großmutter. Die Gärtnerin erzählte, wie früher junge Männer in die Halle eingedrungen, die Lebensbäume abgebrochen hätten, deshalb seien die Türen geschlossen. Sie schloß Anna auf, Kühlschrankluft wehte Anna entgegen, sie fand den Namen der Großmutter auf dem Schild der Kabine drei. Sattgrüne Lebensbäume umstellten die Leiche auf hohem Podest, Anna wollte sie noch einmal berühren. Stieß aus Versehen an den Sarg, er schaukelte ein wenig. Die Großmutter hatte sich bewegt. Sie konnte sich nicht mehr bewegen, lag starr, ein Stein, bewegungslos. Anna streckte die Hand vor, zog sie zurück, näherte sich, berührte leicht den dürren, bewegungslosen Arm, das lose Fleisch, unter brautkleidzartem Totenhemd. Sie näherte ihre Hand der schönen hohen Stirn, zog sie zurück, näherte sie wieder, berührte für den Bruchteil einer Sekunde die Stirn. So kalt, eine Kühltruhe innen, so kalt die tote Stirn der lieben Großmutter, ein Eisblock, die Berührung schmerzte. Die verschwindende

Gestalt der Großmutter unter der todverdeckenden Brautausstattung. Großvater faßt sie an, spricht mit ihr, hatte die Mutter gesagt. Ach Idachen, mein Liebling. Ich könnte den Amethystring nicht tragen, habe ihn doch immer an ihren kranken alten Fingern gesehen, sagte die Mutter. Das Gesicht der Großmutter im Sterben noch so persönlich, leidend, ausdrucksvoll, nun das Ungesicht einer Leiche, knochig, knabenhaft, Maske, mehlweiß. Die Wimpern hell und wie von Tränen benetzt, der Mund ein Krater, wenn Anna eine Stunde lang bleiben könnte, aber Hermann mußte zurück in die Stadt zu einer Verabredung. Den Ehering hatten die Eltern der Großmutter abgezogen, an das Beerdigungsinstitut geschickt, aber der Großvater sagte: Den wollte sie mit ins Grab nehmen, gab ihn der Großmutter beim ersten Besuch in der Leichenkammer zurück in die Hand, so hielt sie jetzt den Ring umkrallt. Sie starb einsam, hatte die Mutter gesagt, ein zweites Bett hatte in ihrem Krankenhauszimmer gestanden für den Großvater, der aber hatte sich gefürchtet, Tag und Nacht dortzubleiben, als dürfte er nicht mehr zurück. Warum hatte sie Anna nicht mehr gerufen? Du hast genug mit dir selbst zu tun gehabt und mit den Kindern, hatte die Mutter gesagt. Die Kinder kamen in die Halle gelaufen, riefen: Wir wollen die Oma auch sehen, warfen einen Blick auf sie, rannten gleich weiter auf die Lebensbäume zu am Ende des Ganges, wo der Deckel des Sargs lag, fingen zu spielen an. Jürgen stand plötzlich neben ihr, sie sagte: Ich denke, du willst keine Leichen sehen. Er ging gleich wieder hinaus. Hermann stand dann neben ihr, blieb. Anna sagte: Wenn sie doch nur die Augen offen hätte!, Hermann: Dann könntest du es gar nicht mehr aushalten.

Am Abend zurück in der Stadt, erzählte Anna Jürgen, wie sie abgetrieben hatte. Sie zogen durch Diskotheken. »Schon beim Kölner Karneval, als du besoffen in der Straßenbahn gerufen hast: ich bin eine Kindsmörderin, habe ich gedacht, sie hat einen Koten abgetrieben. Ich finde es nicht gut. Aber es ist gut, daß du es mir erzählt hast. Ich habe immer geglaubt, ich habe dich absolut geliebt, aber so wie heute habe ich dich noch nie geliebt.« Sie gingen von Diskothek zu Diskothek, tranken Wodka-Lemon an der Theke, redeten, Anna ging manchmal tanzen für einen oder zwei Tänze. Als sie ihm erzählte, daß Hans sie gehindert hatte, die Pille zu nehmen, sagte Jürgen, er könne sich sterilisieren lassen, dann brauche sie die Pille nicht zu nehmen. »Du hast schon viel durchgemacht!« Anna hatte nichts so sehr gefürchtet wie die Wiederholung des Satzes von Hans: »Das ist doch heute alles nicht mehr so schlimm, in der Abtreibungsklinik sieht es aus wie in einer Sauna.« Sie wollte in ihrer Trauer geachtet werden wie der Großvater, der, wie die Mutter erzählte, besonders laut um die Großmutter jammerte, wenn jemand im Nebenzimmer ihn hören konnte. Sie tanzte sich in Bewegungen, konnte sich noch bewegen, Jürgen sah ihr von der Theke aus beim Tanzen zu. Dann zeigte er ihr Zigeuner Mike. »Das ist der gefährlichste Mensch der Stadt, außer Bobbe. Er trägt einen Schlagring am rechten Ringfinger. Man weiß nur seinen Vornamen, auch nicht, ob es der richtige Name ist. Das ist kein gewöhnlicher Stein in der Fassung des Rings, es ist ein Glasauge, das er seiner Freundin aus dem Auge riß, als sie an ›H‹ starb.« Anna schaute dem Zigeuner nach, hätte ihn ansprechen mögen. Er trug eine gelbe Weste mit schwarzen Absätzen, bunte Schuhe, Jeans, sein Haar kurz geschnitten wie das eines Soldaten, sein Gesicht verschlossen. In der Nacht liebten Anna und Jürgen einander, Vertrauen schuf Vertrautheit, sie konnte sich fallen lassen. Sie dachte, daß sie bei ihm bleiben könnte. Sie durfte an den Kindern die Menschen nicht so vorbeiziehen lassen.

Über Nacht entfalteten sich die Blätter der Kastanienbäume an der Straße. Gottfried hatte einen Rückfall gehabt beim ersten Stadtausgang, war aus der Klinik hinausgeworfen worden, vielleicht würde man ihn in eine andere Klinik bringen. Annas Mutter rief an, fragte, wie die Großmutter auf sie gewirkt hätte, sprach vom Versäumten, Versäumtes könne man nie gutmachen, sie werde jetzt für den zurückgebliebenen alten Mann sorgen. Wie sie nach der Kirche am Sonntagvormittag die tote Greisin aufgesucht, habe sie gedacht: Majestät des Todes, die Großmutter liege so majestätisch im Sarg – starr! wollte Anna rufen – und habe im Leben doch den Kopf immer so hoch, den Rücken aufrecht gehalten. Sie habe die alte Frau, bevor sie ins Krankenhaus, auf die Pflegestation gekommen, sorglich gepflegt, ihr den Rücken abgerieben, ihr frische Wäsche angezogen, frische Bettwäsche aufgezogen. »Sie sah zuletzt nicht mehr, daß da Schmutz war, sagte: Das Laken brauchst du nicht zu wechseln, das ist sauber. Dabei war es befleckt mit Kot, Urin, Erbrochenem. Früher habe ich gesagt: Ich könnte das nicht, einen siechen Menschen versorgen. Nur unten konnte ich sie nicht waschen, das konnte ich nicht über mich bringen. Ich habe ihr dann nur Frisches angezogen. Eigentlich habe ich sie nur ins Krankenhaus gelassen, weil ich dachte, sie müßte zwischen den Beinen verfaulen.« Warum war Anna nicht hingegangen, die Greisin »zwischen den Beinen«, »unten« zu waschen, zu pflegen, wo sie sich »herumgestochert« hatte, weil der Großvater nicht so viele Kinder haben wollte? »Die Schwester sagte, in der Vornacht habe sie nichts mehr zu trinken verlangt wie sonst immer, morgens habe sie dann getrunken mit geschlossenen Augen. Später sah die Schwester nach ihr, da war sie eingeschlafen.« – »Immer sagen sie: der Tote ist sanft eingeschlafen!« Oder sah sie nicht so aus? fragte die Mutter ängstlich, Anna antwortete nicht. Aber sie hatte noch eine kräftige Stimme, sie hätte sich gemeldet, wenn sie gelitten hätte, sagte die Mutter. War sie »sanft eingeschlafen«? War sie so in den allesverschlingenden Tod gefallen, wie Anna an Jürgens Schulter in den Schlaf sackte? Ein Blumenstrauß als letzter Gruß! All diese abschiedsverschweigenden, Worte des *Todesschweigens*! – *Wir haben im Kopf alle zigmal abgetrieben* – todesverschweigender Satz. Laß auf die Schleife schreiben »In Liebe deine Enkelin Anna«, sagte Anna zum Vater, der die Kränze bestellte. *Wenn du dann fünf Rosen hineinwirfst in die Gruft. Irgendwann ist dann eben mal Schluß.* Mit Anna geht es zu Ende, hatte Gottfried gesagt, sein Bruder: mit euch ist also Schluß. Die Mutter sagte: Sei pünktlich am Mittwoch, wahrscheinlich fahren wir um halb elf los zur Leichenhalle. Ob Anna sie noch einmal sehen könnte? Ich nehme an, daß sie dann zu ist, sagte die Mutter.

Ein Abschied wie es der Tod ist, sagte der Pfarrer am Grab. Anna war morgens von Hamburg gekommen, wo sie einen Vortrag gehalten hatte. Hermann hatte sie gefahren. Sie verbrachte die Fahrt im Halbschlaf, ihre Glieder zuckten von Müdigkeit der durchdiskutierten Nacht. Sie hielten an einer Gärtnerei, Anna kaufte Rosen, die sie ins Grab werfen wollte. Wenn alles zu Ende ist, dann ist das Leben nichts gewesen, sagte die Mutter. Eine Trauergemeinde wartete vor dem Friedhofstor, die Sonne schien, es herrschte eine geradezu sibirische Kälte. Der Leichenwagen fuhr vor, der schwarze Anhänger wie für Schlachtvieh, am Steuer eine junge blonde Frau. Anna schluchzte, faßte das Weggehen eines Menschen nicht. Der Tod war pervers, der große Trennmeister, der Schnitter, der Menschenzerschneider, der Abschiedsmeister. Den bucklig-gebeugten Großvater nahmen die Söhne zwischen sich, den Sarg trugen sechs Nachbarn voran. *Erde zu Erde, Asche zu Asche, Staub zu Staub,* die Großmutter mochte so gern Blumen, eine Fracht von Blumen über ihrem Grab. Noch war es offen, aus dem Grab nur Stille, kein Laut, kein Wort. Anna wunderte sich, daß dem Prediger die Hände, die das Predigtbuch hielten, nicht erfroren. *Wir sind alle wie Gras . . . Denkt an euer Ende und werdet klug.* Anna nahm die Worte kaum auf, der Pfarrer war ziemlich unbeteiligt. Sie sah das faltig-bleiche Gesicht des Großvaters, seine Tränen, zog sich zurück vor dem stummen Beileidwünschen der Verwandten und Nachbarn. Saß neben dem Großvater im Lokal »Zur Alten Post«, gab dem Großvater Feuer für seine Zigarre, der Fischgeruch der angerichteten Brötchen ekelte sie. Man sprach über die Großmutter, feierte nicht mehr sie, sondern daß man selber noch lebte. Die Nichte der Großmutter sagte: Sie war mir wie eine Mutter, jetzt ist wieder ein Stück Heimat verloren. Die Mutter erzählte Anna, wie sie vor ein paar Wochen geträumt habe, die Großmutter wäre vom Kartoffelausbuddeln in die Wohnstube gekommen, hätte die erdigen Hände ausgestreckt und gelächelt. Sie wollte immer eine

Tochter, sagte die Nichte aus Dessau. Anna dachte an das Weihnachtsfest zurück, wie die Großmutter knackend mit ihren falschen Zähnen gegessen hatte. Sie machte sich davon, ging noch einmal zum Grab, hockte allein vor dem Grab auf dem hellichten eisigen Friedhof, zündete sich eine Zigarette an. Wenn die Mutter sie so sähe: Anna! Anna ging langsam zurück zum Elternhaus, stieg die braunen Holztreppen zur Wohnung der Großeltern hoch. Sie hörte den Großvater aus dem Badezimmer, wie Pfarrer Oberlin mit seiner verstorbenen Frau, mit der weggegangenen Großmutter Zwiesprache halten, in klagendem Tonfall – mein liebes Idachen, ach, ach –, als wäre sie noch neben ihm, an seiner Seite. Anna ging noch einmal ins Schlafzimmer, die Ehebetten waren frisch bezogen, die Hälfte der Großmutter war mit einer alten weinroten Samtdecke zugedeckt, die des Großvaters weiß. Nein, sie kommt nicht wieder, sagte der Großvater, als er Annas Blick sah. Warum muß man sterben, Mama? hatte Niels gefragt. Damit die leben können, die neu geboren werden, hatte Anna dem Kind geantwortet, und Rosemarie sagte: Mama, man kann doch auch schon mit einem Jahr sterben, nicht? Der Großvater erzählte, wie er am Vorabend der Beerdigung in Kabine drei die zusammengekrallte Hand der Großmutter geöffnet, der Nichte aus Dessau den Ehering noch einmal gezeigt, seiner Frau zum letztenmal die starren Hände geküßt und gestreichelt hatte. Der Großvater trat nah heran an Anna, hatte den Amethystring, eine gelbe Bernsteinkette, eine goldne Uhr der Großmutter aus einer Schublade geholt: Das solltest du doch haben. Anna senkte den Kopf, streifte den Ring über, sah auf ihr Mädchenbildnis an der Wand: Nie mehr wird Großmutter es betrachten.

Zu Haus trug sie den Ring zu einem Juwelier, der sollte ihn reinigen, sie sagte: damit der Amethyst wieder glänzt, aber sie meinte wohl: vom Tod reinigen. Sie hörte Musik, sah aus dem Fenster, spürte die Sonne auf der Haut, sie aß, sie streichelte die Kinder, die Großmutter so kalt, so tot. Bei der Beerdigung schien die Sonne, gestern schneite es noch, solch eine schöne Beerdigung, hatte die Mutter gesagt, als spräche sie von einer Taufe, einer Hochzeit. Hätte Mutter das miterleben können, sagte der Großvater, wie er auf die Pracht der Blumen, auf die Sonne schaute. Immer wenn man gerade angefangen hat, einen Menschen zu lieben, geht er, hatte Hans über seinen frühverstorbnen Vater gesagt. Kommst du einmal zu mir?, sagte Jürgen, als er abends auf der Couch ausruhte, Anna hockte sich vor ihn, stützte den Kopf auf die Hände, vor der Brust Jürgens, sah ein Foto der Großmutter an der Wand an. Sah ein Erinnerungsbild von vor vielen Jahren: Die Großmutter, noch in der DDR, im Garten unter Apfelbäumen, der Garten im Wachstum, die Großmutter pflückte einen der hellgelben großen Sommeräpfel, war unter der Blätterpracht auf Anna zugegangen, hielt den Apfel hoch, streckte ihn ihr entgegen, hielt ihn ihr hin, mit liebevollen Geberaugen. Hans' Bild war weggerückt, sie sprach von ihm nur noch wie von einer fernen fixen Idee. Der Schmerz um die Großmutter saugte das Trauern um Hans auf. Nur am Abend, als sie ins Kino gingen, flackerte noch einmal Annas ziellose Aggression auf. Sie kamen mit den Zuschauerströmen aus dem Kino, unterhielten sich über Katharina Blum, Jürgen sagte: Das war doch übertrieben! Warum erschießt sie diesen Journalisten? »Ich fand das sehr gut! Diese Journalisten . . ., sie hat recht, ihn zu erschießen. Die sargen dich ein, und dann sind die weg. Denen gehört die Welt und die Menschen dazu. Denen gehört die Sonne, der Mond, ein Unfall, der passiert, eine kinderreiche Familie, über die sie geschrieben haben. Die kriechen in die Menschen, das sind wirklich Schmetterlingssammler, die lieben nur ihre Sammlung, nicht die Menschen.« Anna redete sich in Wut, Jürgen lächelte. »Du denkst schon wieder an Hans. Du liebst ihn immer noch.« – »Schade, ich bin nicht Katharina Blum gewesen.« – »Ein Glück! Sonst dürfte ich dich jetzt durchs Gitter küssen. Das war doch nur ein Film, du nimmst alles so ernst.« In der Nacht träumte sie von Hans, wie sie ihn in dem Lokal, wo sie nach der Absaugung schäumendes Malzbier getrunken, bei seinen Worten: Ich denke, nur Schwangere brauchen Malzbier, erschossen hatte. »Warum hast du den eigentlich geliebt? Denn geliebt haben mußt du ihn, sonst würde dir nicht alles so weh tun, auch die Abtreibung nicht?« – »Du fragst doch nicht, bevor du anfängst zu lieben: Sind Sie katholisch oder evangelisch, saufen Sie, sind Sie denn auch zuverlässig?« Als sie Jürgen antwortete, merkte sie, daß es nichts mehr zu sagen gab über Hans, die Phantasie, ihn töten zu müssen, blieb. Sie verstand Bobbe Tag für Tag besser, wie er sich mit Gewaltakten für Verletzungen rächte, für die sich nie einer entschuldigt, um Verzeihung gebeten, die jeder einfach so stehen gelassen hatte. »Wenn Hans doch nur einmal einen menschlichen Satz gesagt, mir seine Verzweiflung, die doch da gewesen ist, gezeigt hätte! Um seinen Kanarienvogel, wie der gestorben ist, konnte er mit seinen Kindern weinen. Bei der Beerdigung seines Vaters ist er erst kalt gewesen, tränenlos, trauerlos. Dann *Jahre später* hat er in meinen Armen um ihn geschluchzt.

Vielleicht wird er so auch einmal *in vielen Jahren* um mich, um unser Kind weinen.« Sie verfiel in Wut, daß sie ihn so gehätschelt, sich nie gewehrt, alles so hingenommen, ihm noch Kamillentee gebracht hatte, als er seine pathologischen Ängste und Vorstellungen, kalt zu werden, eiskalt an der Haut, am ganzen Körper, ohnmächtig empfunden, wie sie ihm seine Altersängste betäubt hatte durch ihre Schwangerschaft. Ein Zeichen der Unsterblichkeit hatte er sich gewünscht: Ich kann noch zeugen! Sie war ihm willig Opfer gewesen, hatte ihm erlaubt, in ihre Haut zu gehen, sich einzunisten. Sie schämte sich, daß sie es so hingenommen hatte, wenn er von Sylvia Plath, von Konrad Bayer gesprochen, deren Selbstmord verherrlicht hatte. »Ich glaube, ich müßte erst in einer Suchtklinik landen, ein Wrack sein, Selbstmord begehen, damit er meinen Schmerz zur Kenntnis nähme. In einem Film habe ich einen Schürzenjäger gesehen, der eine Geliebte, die er eiskalt verlassen hatte, erst zur Kenntnis nahm, als sie verfallen, schwerkrank, hochschwanger, dem Tode nah, vor seiner Tür niederstürzte, und wie sie gestorben war, jammerte er über dem Sarg mit Mutter und Kindesleiche.« Er sollte nicht mehr trennend zwischen ihr und Jürgen stehen, Jürgens Gesicht verstellen. Sie hatte Hoffnung, Jürgen fing an sich zu ändern, er hatte mit Shit aufgehört, von LSD war nicht mehr die Rede. Manchmal kam er betrunken nach Haus von seinen alten Freunden. »Wenn ich schon keinen Shit mehr rauche, muß ich wenigstens mittrinken, soll ich Apfelsaft verlangen?« Seine Augen waren klarer geworden, keine »Haschischaugen«, keine »Idiotenaugen« mehr.

Am Morgen begleitete Anna Jürgen zum Bahnhof, die lange Zeit seiner Montage in Hamburg fing an, sie würde ihn nur am Wochenende sehen, sie hatte Angst vor dieser Trennung. Sie brauchte die stete Berührung eines Menschen, um ihre Gefühle am Leben zu halten. »Als ich letztes Jahr drei Wochen in die Türkei gefahren bin zu einer Lesereise, mußte ich die Kinder zu meiner Mutter geben. Ich hatte entsetzliche Sehnsucht nach ihnen, jeden Morgen rief ich sie an, ihre Stimmen quälten mich. Aber als ich zurück war, meine Mutter und die Kinder mich vom Bahnhof abholten, hatte ich kein Gefühl mehr, die Sehnsucht totgelaufen, das Gefühl vereist. Ich habe zwei Wochen gebraucht, um wieder ein Gefühl für meine eigenen Kinder zu finden.« – »Das ist ja nicht normal!« Als sie auf den Zug warteten, erzählte Jürgen von Bobbe, den Anna seit Tagen nicht gesehen hatte. »Im Moment liegt in der Stadt nichts an, kein Shit, keine Mikros, kein ›H‹, Bobbe tut sich Valium und Valoron weg, sitzt in seiner Hütte, hört stundenlang Musik, obwohl die Anlage nicht läuft.« Er habe Bobbe am Brunnen gesehen. Den Kopf nach hinten geneigt, habe er Milch aus einer Papiertüte getrunken, sei mitten im Trinken eingeschlafen, die Milch sei ihm übers Gesicht gelaufen. »Hast du wirklich im September das letzte Mal gedrückt?« – »Ja.« – »Warum hast du aufgehört?« – »Die Sachen haben mich nie lange interessiert.« – »Dann müßtest du ja an mir auch bald das Interesse verlieren.« – »Du bist keine Sache.« – »Warum hast du dir eigentlich zwischen die Zehen geschossen?« – »Die Bullen sollten nichts merken.« – »Ist das die gleiche Wirkung, ob du dir zwischen die Zehen oder in die Vene schießt?« – »Nein. Zwischen die Zehen ist der flash nicht so stark. In die Vene, das geht schneller ins Blut.« – »Vielleicht dein Glück. Sonst würdest du heute noch drücken oder wärest tot.« Sie fragte ihn, ob sie noch

Angst haben müsse, daß er einmal wieder anfange zu drücken, er lachte, er habe doch jetzt Verantwortung für sie, für die Kinder. Sie fragte, ob Bobbe ihn nicht »anfixe«, so oft erzähle er, wie Bobbe »sich was weg tue«, ob er sich nie habe überreden lassen. Er sagte nein, sie beharrte auf ihrer Frage, er sagte: doch, ein einziges Mal, vor Silvester, als er noch nicht mit ihr gelebt habe. »Warum lügst du?« – »Das steckt noch so drin. Du weißt doch, die Junkies sind Berufslügner.« – »Und wie war es? Wirklich, wie Bobbe sagt, zehnmal stärker als der beste Orgasmus?« Unsinn, sagte er, umarmte sie, lachte, das redet der sich ein. Der Zug fuhr ein, Jürgen am heruntergelassenen Fenster, ein Kuß, ein Händedruck. »Vergiß mich nicht.« Anna winkend am Bahnsteig, die winkende Hand Jürgens kleiner und kleiner.
Am Nachmittag war sie allein, fühlte sich ganz aus der Welt, die Kinder waren mitten am Nachmittag auf den Stühlen in der Küche eingeschlafen. Die Stille in der Küche. Sie trug die Kinder ins Kinderzimmer. Als sie vom Einkaufen kam, sah sie Bobbe an der Tür, wollte ihn nicht hinauflassen, er machte ihr Angst. Er wollte Geld von ihr, konnte kaum den Mund bewegen, behauptete, er habe sich nur ein paar Pfeifen reingezogen, mit dem Geld wollte er »wiggeln«, Anna sagte, er solle arbeiten gehen. »Am Montag krieg ich die Stelle als Tierpfleger im Zoo.« Sie glaubte ihm nichts, hätte ihm gern angeboten, sich bei ihr zu baden, er stank und hatte sich tagelang nicht gewaschen, sein schönes Gesicht voller Pickel, bleich, die Stimme monotoner Singsang, sie schickte ihn weg. Sie wollte allein sein, Bilder von der Großmutter gingen ihr nicht aus dem Sinn. Die Kinder schliefen noch. Sie ging vom Schreibtisch ins Kinderzimmer und zurück, ver-

suchte zu schreiben, hörte »Cocaine«, ließ Wasser in die Wanne laufen. Lag so im Wasser, stellte sich den Großvater vor, der die Abwesenheit der Großmutter noch nicht mit den Sinnen einholen konnte. Wenn er Karten spielt, vergißt er alles, hatte die Mutter gesagt. Die Blumen auf dem Grab sind über Nacht ziemlich verfroren, hatte die Mutter gesagt. Blumensträuße über dem Grab der Großmutter, Abfall zu Abfall. Hatte Anna genug für die Großmutter getan? Ach, sagte die Mutter, sie hat doch eine ganz große liebevolle Pflege von ihrem Mann gehabt, eine streichlige Pflege, er hat sie gehätschelt und verwöhnt, sie weckte ihn, kaum war er eingeschlafen. Am nächsten Morgen war Niels krank, der Arzt bestätigte, daß er Masern hatte. Das Kind saß hochfiebernd am Tisch und aß ein paar Bissen. Anna machte ihm kalte Wickel, gab ihm Tee zu trinken, hüllte ihn in Decken ein, er schlief hocherhitzt, wie entrückt. Am Vortag hatte er noch am Tisch von der Großmutter gesprochen: Ich habe die Uroma so lieb gehabt, jetzt ist sie eiskalt, nicht? Und nach kurzem Schweigen: Warum muß man sterben, Mama? Wie oft spielte er, nachdem Hans sie verlassen hatte, mit seinem Spieltelefon das Abschiedsspiel: Hier ist Niels, wo bist du, Hans? Die nächsten Tage war sie ganz beschäftigt, das Kind zu pflegen, es aß nicht, trank nur und schlief, sie schaute dauernd nach ihm, hatte Angst, es könnte sterben, aber von Masern starb doch kein Kind. Rosemarie fuhr Rollschuh auf dem Bürgersteig, Anna sah nach ihr aus dem Fenster. »Wann ist Niels wieder gesund?« Rosemarie fühlte sich allein beim Spielen, umarmte vorm Einschlafen die Mutter: Du und Jürgen, ihr seid meine Liebsten. Abends war Anna allein, die Panik, die sie tagsüber durch Arbeit in Schach gehalten, stieg hoch. Sie erinnerte sich, wie die Mutter im Flüchtlingslager sie und die Geschwister in ein Kinderheim gegeben hatte. »Wir hausten mit zehn Leuten auf einem Zimmer, die Ansteckungsgefahr war zu groß. Ich ließ mich überreden, euch in ein Heim zu geben. Aber dort wurdet ihr krank, ich hätte euch doch bei mir behalten sollen. Du hast so geschrien, dich in meinem Mantel festgekrallt, als die Schwester dich mitziehen wollte. Du hast geschrien, als sie dich die Treppe hinaufzog. Ihr hattet dann Masern. Ich hätte euch bei mir behalten sollen.« Anna saß im Schaukelstuhl, schaukelte sich zurück in die schemenhafte Kindheit auf der Flucht, sah die Mutter in der Tür, sah sich an der Hand einer fremden Schwester. Sie hatte der Mutter Fellbüschel aus dem Mantel gerissen, wie sie sich nicht trennen wollte von ihr. An die Zeit danach erinnerte sie sich nicht mehr. Ein dunkler Fleck in Nacht und Nebel. Jürgen rief an, an ihrer leisen Stimme erkannte er, daß es ihr schlecht ging. »Ich höre es an deiner Stimme. Was ist mit dir?« – »Ich fühle mich so verlassen.« – »Aber ich komme doch am Wochenende wieder.« – »Jeder Tag kommt mir so endlos vor, den ich von dir getrennt bin.« – »Es ist doch nur eine Woche, die Zeit vergeht.« – »Ich weiß ja nicht, ob du wiederkommst.« Er lachte: Du bist kompliziert, natürlich komme ich wieder, ich will immer mit dir zusammenbleiben. »Jetzt sind nur noch dreißig Pfennig drin ...« Es klickte, die Verbindung war abgerissen. Schon dies lächerliche Klicken im Apparat verletzte, bedeutete Trennung, Abschied. Sie konnte sich nicht bewegen, fühlte sich wie unter einer Glasglocke ganz eingeschlossen, konnte nichts tun, nicht schreiben, nicht fernsehen, nicht lesen, nicht spazierengehen, niemanden

anrufen, nicht weinen, nicht lachen, nicht schlafen. Sie fing an, mechanisch ihre Bücherschränke aufzuräumen, nahm mechanisch Wäsche ab, ordnete sie, legte sie in die Schränke, sah nach den schlafenden Kindern, fühlte Niels' Stirn, deckte die Kinder zu, fing an, die Badewanne zu schrubben, aufzuräumen. Bis drei Uhr früh räumte sie so in der Wohnung herum.
Als das Kind gesund war, fing sie an sich zu freuen auf ihren 30. Geburtstag, hörte die Leute reden: jetzt wirst du dreißig, dann fängt ein neuer Lebensabschnitt an. Mit Jürgen hatte sie nie über das Alter gesprochen, nur sein Satz vor Silvester war ihr im Gedächtnis: Wenn du vierzig bist, ist Gottfried dreißig, wie soll das denn gehen? Sie fing an, die Feier zu ihrem Geburtstag vorzubereiten. Erinnerte sich, wie die Mutter früher zu Gerhard und ihr gesagt hatte: Streitet euch nicht so viel, ganz schnell seid ihr dreißig, die Zeit rast! Mit fünfzehn hatte die Zeit nicht schnell genug vergehn, Anna nicht schnell genug siebzehn werden können. Einige Wochen nach dem Tod der Großmutter, am Vortag ihres Geburtstages fuhr sie mit Hermann zum Markt. Jürgen schlief noch, wollte nach den Kindern sehen, Hermann sah blaß aus und müde. »Geht es dir nicht gut?« – »Ich glaube, es liegt am Wetter. Ich bin schon seit Tagen so unruhig, kann nicht schlafen.« – »Wie hält Martha es nur aus, daß du jede Nacht fortgehst? Du säufst dich noch kaputt.« – »Ach, so schlimm ist es nicht. Ich muß einfach nachts raus. Wenn du in unserer engen Wohnung lebtest . . .!« Hermann hatte sie eingeführt in die Stadt, als sie vor drei Jahren neu zugezogen war. Er war in der Stadt geboren, nah am Zentralfriedhof in einem Haus, das jetzt längst abgerissen war. Zwischen den Gräbern hatte er mit den

Kameraden Räuber und Gendarm, Fangen, Indianer gespielt. »Ich wünschte, Martha würde sich einmal zur Wehr setzen, mich nicht immer gehen lassen.« – »Dann beklagst du dich wieder, daß sie dich einsperrt, nicht gehen lassen will!« Sie unterhielten sich über die Stadt, wie die Leute sie als ruhig lobten, lachten über Annas Wortschöpfung »demonstrationszügelose Straßen«, sprachen von der hohen Kriminalität, der Selbstmordgefährdung in der Stadt. Hermann erzählte, daß sich in Kinderhaus vor Jahren ein junger Mann aus dem Fenster gestürzt hätte. »Die Reste hast du von den Häuserfronten absammeln können.« – »Wieso, ist der hängengeblieben?« – »Ja.« So ruhig die Stadt, so gezügelt, so sauber, so ordentlich, sagte Anna. »Wenn du sonntags über die Promenade gehst, nur Paare mit Kindern, Beamtenehepaare, ab und zu shitrauchende Leute in Jeans auf der Bank, nur für den Eingeweihten erkennbar.« – »Diese schönen Geschäfte in der Stadt, die wiederaufgebauten Fassaden am Prinzipalmarkt, die schöne Lambertikirche.« – »Ich hab mal den Türmer besucht, der oben jede Nacht halbstündlich ins Horn bläst. Er trank mit uns Tee, wir durften ins Horn blasen, es ist schwer, du brauchst viel Kraft und Atem.« In der Tageshelle war die Stadt schön, ruhig, im Souterrain der Diskotheken, Häuser, Wohnungen Langeweile, Sucht, Tod. Sie gingen über den Brunnenplatz. Menschengewimmel, Leute mit Anti-Atomkraftwerks-Parolen auf Schildern formierten sich zu einer Demonstration, eilige Einkaufende, Trauben von Freaks um den Brunnen. »Der Brunnen« – wie viele Razzien hatten die Bullen hier schon gemacht, die Schmiere nahm immer mal wieder ein paar Leute fest, aber der Platz blieb, zwischen Geschäft und Kirche,

Treffpunkt für die Abgefuckten, die Suchtis. »Zum Brunnen gehen.« Vor dem Kunstgewerbeladen am Brunnen Penner am Boden, leere Flaschen um sich. Hermann wollte Anna in zwei Stunden wieder abholen.

Ein langer Einkaufszettel in ihrem Korb, sie hatte dreißig Gäste zur Geburtstagsfeier eingeladen. Auf dem Marktplatz Gewimmel von Menschen, die Hände der Marktleute rot und rauh vom langen Winter. Anna kaufte Suppenhühner, Lauch, Sellerie, Mohrrüben, Petersilienwurzel, Kräuter, sie kaufte Eier für den Eierstich. Sie kaufte große Brote, Mett, Würstchen, die sie auf dem Balkon grillen würden. Bald waren Korb und Netze gefüllt, sie trug die Last zum Auto. Sie kehrte zurück zum Markt, ging an den Ständen entlang, ihr war plötzlich, als müsse sie alles haben. Wie ein Kind, das die Mutter dauernd anbettelt: Ich will Kaugummi haben! Ich will Eis haben! Als müßte sie alles Eßbare an sich reißen, um sich versammeln wie ein vernachlässigtes Kind. Sie schwelgte in den Farben und Gerüchen der ausgestellten Früchte, kaufte bräunlich-gelbe Ananas, grünlich-schimmernde Trauben, ging sehnsüchtig an Blumenständen vorbei, wo früher Flieder duftete und glänzte. Wie oft hatte sie an ihrem Geburtstag zur Zeit der Eisheiligen die Wohnung mit frischgepflücktem Flieder vollstellen wollen, Unmengen süßlich-sanft duftenden, betäubenden Flieders. Sie kaufte Geflügelsalat, frische Krabben, wühlte sich zwischen den Menschen hindurch, die wie sie, am verkaufsoffenen Samstag, den Rausch des Kaufens suchten. Ganz bepackt ging sie vom Markt in die Stadt, in ein Kinderbekleidungsgeschäft, kaufte zwei Hosen für Niels, zwei für Rosemarie, einen roten Bademantel mit Kapuze, Schlafanzüge. Sie zahlte mit Schecks, vor Monaten hatten ihr die Eltern aus einem Schuldenberg herausgeholfen. Sie kaufte und kaufte, in einer Boutique ein schwarzes Kleid für sich, Jeans, eine Bluse, kaufte ein Hemd für Jürgen, kaufte Bücher in einem Buchladen, für Jürgen, für sich. Ganz plötzlich eine unmäßige Erschöpfung, sie stolperte, beladen mit Taschen, Netzen, Plastiktüten, Leute schauten sie befremdet an, sie nahm nichts wahr. Sie suchte eine Bank, Stille, einen Park, Bäume. Im nahen Park ließ sie alles fallen, sank auf eine Bank, streckte das Gesicht der Sonne hin, die Augen geschlossen. Sie wollte nur Ruhe. Ein Kind lief auf sie zu, vom nahen Spielplatz, sprach sie an: Haben Sie ein Tempo? Sie riß die Augen auf, fand sich nicht gleich zurecht, sah, das Kind war verletzt, gab ihm ein Taschentuch, das Kind lief fort. Langsam kam sie zu Bewußtsein, sah die Taschen und Netze, strich sich über die Stirn, kniff die Augen zusammen, die Erinnerung kehrte zurück. Hermann. Der Geburtstag. Wurde Jürgen mit den Kindern fertig? Ich muß mich freuen, dachte sie, stand ernüchtert auf, lud sich die Taschen auf, ging zum Auto, langsam, müde. Hermann wartete schon auf sie, sagte: Mein Gott, was hast du alles eingekauft, willst du sechzig Gäste bewirten? Lieber zuviel als zu wenig, sagte sie, lächelte. Vor dem Haus luden sie die Sachen aus, klingelten nach Jürgen. Er half ihnen beim Hinauftragen, die Kinder liefen Anna entgegen. Als sie alles nach oben getragen hatten, sagte Anna, sie müsse nochmal drei Straßen weiter zu einem Juwelier, Kreolen kaufen. Hast du wieder deinen Kaufrausch, fragte Jürgen, aber laß noch Geld übrig. Als Kind hatte sie Ohrringe getragen, blaue Sternchen, sie konnte die Löcher in den Ohrläppchen noch fühlen, sie erinnerte sich, wie das Blut aus den Einstichen

getropft war. Der Juwelier stach die silbernen Kreolen durch, sagte, die Löcher wüchsen nie zu, nur ein wenig Talg kam heraus. So sah sie wunderschön aus, mit einem Reif in jedem Ohr, Jürgen umarmte sie: Du bist die schönste Frau, die ich je gesehen hab.
Am Morgen ihres Geburtstages wurde sie früh aus dem Schlaf gerissen, Bobbe, Bertha und Hermann vor der Tür, beladen mit Fliederbüschen. »Die haben wir heute nacht für dich geklaut. Wir bringen sie so früh, damit du sie ins Wasser stellst. Flieder geht ziemlich schnell kaputt.« Sie halfen ihr, die Büsche in Vasen zu stellen. Sie saß mit den Kindern und Jürgen am Frühstückstisch, die Vorbereitungen waren alle getroffen. Zwei Töpfe mit Hühnersuppe brodelten auf dem Herd. Im Freien die herrlichste Sonne, Frühjahr, die Kälte ausgetrieben, bald würden die Kastanienbäume blühen vor ihren Fenstern. Die Mutter rief an, ob alles in Ordnung sei. »Du sahst das letzte Mal so blaß aus. Ißt du nicht richtig?« – »Ich kann nicht viel essen.« – »Du rauchst zuviel. Sogar am Telefon, das ist ja scheußlich. Kannst du nicht aufhören?« – »Du hast doch selbst dreißig Jahre geraucht. Jetzt bist du plötzlich der fanatische Nichtraucher.« – »Aber du, du hast doch nie geraucht. Das paßt gar nicht zu dir.« Anna schwieg. »Vater hat mir erzählt, du wolltest wieder als Hebamme arbeiten. Jetzt wo du so schönen Erfolg mit dem Schreiben hast. Dann studier' doch lieber Medizin und werde Frauenärztin.« – »Das kann ich nicht. Leichen sezieren ...« – »Hebamme, was ist das denn schon?« – »Du kannst auch nie genug kriegen! Ich hab den Ehrgeiz satt. – Kümmerst du dich nachher ein bißchen um die Kinder?« Jürgen ging mit den Kindern zum Spielplatz, Anna arbeitete an den letzten Vorbereitungen

in der Küche. Es klingelte, Bobbe stand vor der Tür, ging gleich mit in die Küche, ihr zu helfen. Beim Kartoffelschälen sagte er: Ich hab dir die Flasche Valoron besorgt. Anna sagte, sie wolle sie gar nicht mehr. »Jetzt hab ich sie besorgt, sie kostet fünfzig Mark.« Er zeigte sie ihr, die Spritze hatte er bei sich. Heute doch nicht, sagte Anna, überhaupt nie, ich will nichts damit zu tun haben. Die Gäste trafen ein, Anna umringt von Freunden, von früheren Arbeitskolleginnen aus dem Kreißsaal. Jürgen trank mäßig, spielte den Gastgeber, holte Bier und Wein nach aus dem Keller. Die Mutter, leicht beschwipst, zog Anna zu sich: Das ist doch ein schöner Tag, nun hast du alles überwunden! Der Großvater in der Ecke, spielte mit Annas Vater, Bruder und Schwester Skat. Bertha sagte: Das ist hier so eine Mischung aus Party und Familienfest, das habe ich noch nie erlebt, ganz alte Leute, ganz junge, von achtzehn bis achtzig. Anna wich den Unterhaltungen aus, lief hin und her, sah nach der Hühnersuppe, nach dem Geschirr, ob genügend Stühle da waren. Bobbe saß an der Anlage, sorgte für harte Rockmusik, die Älteren ließen sie sich gefallen. Anna tanzte, ihre Augen glitzernd-euphorisch, dann wieder müde, abwesend. Jürgen nahm sie in den Arm: Jetzt gehören wir nicht mehr zu den kaputten Leuten, wir bauen uns etwas auf. Annas Schwester briet Würstchen auf dem Balkon, Anna ging zu ihr, sah ihr zu, lehnte an der Brüstung, sah hinunter, sah in den Himmel, erinnerte sich des ersten Trips mit Gottfried, wie sie lachend auf den Balkon gestürmt, sich über die Brüstung gehangen, Gottfried sie festgehalten hatte: Es sind schon viele auf Trip irgendwo runtergesprungen. Sie hatte ihn ausgelacht: Aber ich doch nicht! Aus der Wohnung Musik, Gesprächsfetzen, Rufe der

skatspielenden Männer, Anna hörte, wie die Musik leiser gestellt wurde, hörte Jürgen Gitarre spielen. Die Schwester war hineingegangen, die Grillkohle verglühte. Als Anna vor Tagen von einer Lesereise zurückgekommen war, hatte sie am Schloßplatz den halb abgebauten Zirkus gesehen und an die Kinder gedacht. »Du wolltest mit uns in den Zirkus gehen.« – »Er ist schon abgebaut. Ich habe nicht gewußt, daß er so früh wieder wegzieht.«
Sie lehnte sich weit über die Balkonbrüstung. Welcher ungeheuren Angstüberwindung bedurfte es, sich hinab in die Tiefe zu stürzen. Schon auf einer Leiter wurde ihr schwindlig. Wie ängstigte sie es immer, sich fallen zu lassen – in die Ruhe, in die Liebe, in ein Vertrauenkönnen.
Es mußte schön sein und das größte Glück, so einfach los zu lassen, von allem frei zu sein.

suhrkamp taschenbücher

st 589 Basis. Jahrbuch für deutsche Gegenwartsliteratur
Band 10
Herausgegeben von Reinhold Grimm und Jost Hermand
272 Seiten
Mit Beiträgen von Jost Hermand, Horst Denkler, Helga Geyer-Ryan, Wolfram Malte Fues, Dieter Kafitz, Frank Trommler, Ulrich Profitlich, Ralf Schnell, Peter Uwe Hohendahl, u. a. Ohne methodisch festgelegt zu sein, sucht *Basis* eine Literaturbetrachtung zu fördern, die an der materialistischen Grundlage orientiert ist.

st 590 Reinhold Schneider
Die Hohenzollern
Tragik und Königtum
Herausgegeben mit einem Nachwort von
Wolfgang Frühwald
Mit Abbildungen
304 Seiten
Es geht in diesem Buch nicht um den Anspruch der Hohenzollern, sondern um einen unbezweifelbaren Auftrag an ein Geschlecht, eine Landschaft, eine Zeit. Anliegen dieses Buches ist: Ehrfurcht vor der Geschichte, dem Gewesenen überhaupt.

st 591 Milan Kundera
Abschiedswalzer
Roman
Aus dem Tschechischen von Franz Peter Künzel
248 Seiten

Der Blick fällt auf ein Badestädtchen, dessen Reichtum die Quellen sind, die Frauen von Unfruchtbarkeit heilen. Ružena ist das Mißgeschick passiert, das für die übrigen Kurgäste das langersehnte Glück wäre: sie ist schwanger. Figuren verschlingen sich, Paare lösen sich auf und gehen neue, unerwartete Verbindungen ein.
»*Abschiedswalzer* ist nichts anderes als eine brillante Prosakomödie, eine Mischung aus Feydeau und Schnitzlerschem *Reigen,* von satirischer Groteske und ideologiekritischer Scharfsichtigkeit.«

Der Tagesspiegel, Berlin

st 593 Zehn Gebote für Erwachsene
Texte für den Umgang mit Kindern
Zusammengestellt und mit einem Nachwort versehen von Leonhard Froese
224 Seiten
Diese Sammlung geht von zehn Postulaten aus, die der Herausgeber zum *Internationalen Jahr des Kindes* der Öffentlichkeit übergeben hat. Sie ordnet diesen Postulaten bedeutende Aussagen namhafter Autoren und Schriften der Antike, des Mittelalters und der Neuzeit zu. Dabei fällt auf, daß Äußerungen weit auseinanderliegender Zeiten und Räume häufig nicht nur dem Wortsinn, sondern gelegentlich auch der Aussageform nach übereinstimmen.

st 594 Jan Józef Szczepański
Vor dem unbekannten Tribunal
Fünf Essays
Aus dem Polnischen übersetzt und erläutert
von Klaus Staemmler
160 Seiten
»... was ich jetzt schreibe, ist ein weiterer Versuch, das Schweigen zu durchbrechen, in das uns unsere kleingläubige Schwäche versetzt hat.« Dieses Zitat aus Szczepańskis »Brief an Julian Stryjkowski« könnte als Motto über den fünf Essays stehen, die dieser Band versammelt. Das Schweigen (aus Feigheit oder Dummheit) läßt Unrecht und Unmenschlichkeit zu. Jede Stimme, die es zu durchbrechen sucht, ist ein nicht zu überhörender Appell und ein Nachweis der Humanität.

st 595 Ödön von Horváth
Geschichten aus dem Wiener Wald
Ein Film von Maximilian Schell
Mit zahlreichen Abbildungen
160 Seiten
Zur Uraufführung des Maximilian-Schell-Films »Geschichten aus dem Wiener Wald« nach dem Volksstück von Ödön von Horváth liegt dieser Band mit dem Drehbuch von Christopher Hampton und Maximilian Schell und zahlreichen Fotos des 1978 in Wien und Umgebung entstandenen Films vor, der den Entstehungsprozeß des Films dokumentiert.

st 596 Hans-Georg Gadamer, Jürgen Habermas
Das Erbe Hegels
Zwei Reden aus Anlaß des Hegel-Preises
104 Seiten
»Niemand sollte für sich in Anspruch nehmen, ausmessen zu wollen, was alles in der großen Erbschaft des Hegelschen Denkens auf uns gekommen ist. Es muß einem jeden genügen, selber Erbe zu sein und sich Rechenschaft zu geben, was er aus dieser Erbschaft angenommen hat.«
Hans-Georg Gadamer

st 597 Wilhelm Korff
Kernenergie und Moraltheologie
Der Beitrag der theologischen Ethik zur Frage
allgemeiner Kriterien ethischer Entscheidungsprozesse
104 Seiten
Die vorliegende Studie ist einer konkreten Herausforderung entsprungen. Im Entscheidungskonflikt um das Projekt eines Kernkraftwerks in Wyhl/Oberrhein wurde der theologische Ethiker um eine Stellungnahme angegangen. Da die gegenwärtige ethische Theorie wenig Strategien hinlänglicher Leistungsfähigkeit bereitstellt, wandte sich der Verfasser den tradierten Modellen zu, um ihnen mögliche Gesichtspunkte abzugewinnen.

st 628 Georg W. Alsheimer
Eine Reise nach Vietnam
224 Seiten
Alsheimer kehrt in seine »Wahlheimat« zurück. Die Narben des amerikanischen Alptraums sind noch allgegen-

wärtig. So gerät die Konfrontation des Damals mit dem Heute zunächst zu einem Verfolgungswahn. Erst als er durch das Vertrauen seiner Freunde das Damals mit dem Heute verknüpfen kann, verwandeln sich in dieser Krise seines politischen Credos die gläubigen Visionen in einen gemäßigten, kritischen Optimismus. Den Prozeß, der zu dieser Einsicht führte, protokolliert Alsheimer in diesem Reisetagebuch. Alsheimers *Vietnamesische Lehrjahre* liegen als st 73 vor.

st 629 Wie der Teufel den Professor holte
Science-fiction-Erzählungen aus POLARIS 1
Phantastische Bibliothek Band 37
132 Seiten
Der Band enthält Erzählungen von Stanisław Lem, Gérard Klein, Kurd Laßwitz, Fitz-James O'Brien, Vladimir Colin.

st 630 Das Mädchen am Abhang
Science-fiction-Erzählungen aus POLARIS 2
Phantastische Bibliothek Band 38
178 Seiten
Der Band enthält Erzählungen von Wadim Schefner, Sewer Gansowski, Arkadi und Boris Strugatzki, Ilja Warschawski.

st 631 Der Weltraumfriseur
Science-fiction-Erzählungen aus POLARIS 3
Phantastische Bibliothek Band 39
144 Seiten
Der Band enthält Erzählungen von Josef Nesvadba, Gerd Ulrich Weise, Sven Christer Swahn, Vladimir Colin, Frigyes Karinthy.

st 632 Die Büßerinnen aus dem Gnadenkloster
Phantastische Erzählungen aus PHAÏCON 2
Herausgegeben und mit einem Vorwort von
Rein A. Zondergeld
Phantastische Bibliothek Band 40
122 Seiten
Der Band enthält Erzählungen von Joseph Sheridan Le Fanu, Erckmann-Chatrian, Jean-Louis Bouquet, Julio Cortázar, Manfred Wirth, Jörg Krichbaum.